AF590443

Aliquid in minimo
Exlibris Ct. de Mandre

L'ERMITE

DU FAUBOURG St.-HONORÉ,

A L'ERMITE

DE LA CHAUSSÉE D'ANTIN.

par le Cte Fortia de Piles

auteur des mystifications de Caillot Duval

PRIX : 1 fr. 50 c.

A PARIS,

CHEZ { DELAUNAY, LAURENT BEAUPRÉ, } Palais-Royal, aux galeries de bois.

M. DCCC. XIV.

AVIS DE L'AUTEUR.

Quoique *les auteurs ne doivent aucun compte au public des motifs qui leur font prendre la plume, comme mon confrère lui a fait part des siens, je veux l'imiter, et l'instruire des miens, d'autant plus qu'ils ont beaucoup d'analogie entr'eux. C'est son libraire qui l'a déterminé à réunir en corps d'ouvrage ses feuilletons : c'est mon libraire qui m'a engagé à écrire cette brochure. Il entre chez moi l'autre jour :* — Bonjour, M. Barbin. — Monsieur, votre serviteur. — Qu'y a-t-il pour votre service ? — Je voudrais, pour le jour de l'an, une petite brochure. — Pour le jour de l'an ! c'est bientôt. Et dans quel genre ? — De la critique : il n'y a pas autre chose à faire aujourd'hui. — Et qui voulez-vous critiquer ? — Oh ! les sujets ne manquent pas ; j'ai pensé à l'Ermite de la Chaussée d'Antin. — Etes-vous fou ? Un ouvrage dont les premiers volumes sont à la quatrième édition. — Bon, cela n'y fait rien : ce ne sont pas les meilleurs. — Vous ne parlez pas en libraire. — Je m'entends : ce sont bien les meilleurs pour nous ; mais le nombre d'éditions ne prouve pas plus que celui des représentations de certaines pièces ; l'ouvrage qui a eu dix éditions est quelquefois plus susceptible de critique, que celui qui est à la première : ce sont les ouvrages très-répandus, qu'il faut critiquer pour avoir du débit. D'ailleurs les auteurs censurés s'en consolent, parce qu'on ne critique, *disent-ils*, que ce qui est bon. Laissons-leur cette jouissance. — Je ne crois pas que l'Ermite soit sujet à beaucoup d'erreurs. — Bon, un homme qui parle de tout peut-il n'en pas faire? — Votre remarque est juste. Eh bien, revenez dans deux jours; je verrai s'il peut me fournir de la matière pour votre brochure. *Mon homme s'en va; je feuillète les volumes de l'Ermite, et, à ma grande surprise, j'y trouve de quoi écrire, non une brochure, mais un volume. Le libraire reparaît au bout de deux jours :* — Eh bien, Monsieur, avez vous mon affaire? — J'ai de quoi faire un volume, si vous voulez. — Non, non; il faut paraître dans la première quinzaine de l'année. Si nous faisons une seconde édition, nous l'augmenterons : cinq ou six feuilles, c'est assez. — Quel titre lui donnerons-nous? — Voulez-vous m'en croire? faites-vous aussi Ermite. — Vous rêvez; un Ermite dans ce quartier-ci? — Il sera aussi bien placé qu'à la Chaussée d'Antin, et vous n'aurez pas de peine à être aussi bon Ermite que lui. — Allons, j'y consens. Ce sera donc l'Ermite du faubourg Saint-Honoré à l'Ermite de la Chaussée d'Antin. Repassez dans huit jours. — *M. Barbin est revenu au bout de huit jours, a emporté le manuscrit, et je ne m'en suis plus mêlé.*

L'ERMITE
DU FAUBOURG S. HONORÉ,
A L'ERMITE
DE LA CHAUSSÉE D'ANTIN.

PREMIER VOLUME.

N°. 1er. — PORTRAIT DE L'AUTEUR.

LE plan de votre ouvrage, mon cher confrère, est assez piquant, il faut en convenir ; mais, selon l'usage, il promet beaucoup plus qu'il ne tient. Instruire, plaire, intéresser une fois par semaine, et continuer ainsi pendant des années, c'est la chose impossible. Aussi la moitié de vos articles est-elle insignifiante, et dans l'autre moitié, vous êtes loin d'avoir toujours tiré de vos sujets le parti qu'on pouvait en tirer.

MM. les rédacteurs de la Gazette de France vous ont adopté, un peu légèrement, ce me semble ; car votre portrait sur lequel, sans doute, ils se sont décidés, offre plusieurs contradictions très-frappantes, d'après lesquelles un peu de défiance n'eût pas été déplacé de leur part. Mais comme votre lettre à ces messieurs était convenue d'avance, et devait servir de texte ou d'introduction au *Bulletin moral de la situation de Paris*, je ne m'y arrêterai que pour relever les contradictions qu'il était si facile d'éviter.

Je suis né en 1741. — Première erreur de fait. *A treize ans, j'ai commencé à courir le monde.* A qui persuaderez-vous cela? Et d'ailleurs qu'avez-vous pu apprendre à cet âge? Il n'y a que les vagabonds et les enfans abandonnés qui commencent d'aussi bonne heure, et vous n'étiez sûrement ni l'un ni l'autre. *J'ai fait le tour du monde avec Bougainville.* Seconde erreur de fait. *Et je suis revenu en France à trente ans.* Pourquoi donc dites-vous plus bas que depuis 1764 (où vous n'aviez que vingt-trois ans) vous avez vu tous les débuts, toutes les premières représentations? Pendant votre voyage autour du monde (de 1766 à 1769), vous n'avez pu voir que les débuts d'acteurs chez les Patagons, au détroit de Magellan, ou à l'île de Taïti. Quel plaisir trouvez-vous à débuter par des contradictions choquantes; à dire blanc et noir dans le même chapitre? Voici, mon confrère, ce que vous deviez faire. Il fallait donner votre âge véritable, qu'au reste tout le monde sait, et dire au public qu'un vieux oncle à vous, mort à près de cent ans, vous avait légué ses papiers, parmi lesquels se trouvait un journal très-curieux de tout ce qu'il avait vu et observé pendant sa vie. Il aurait pu vous léguer aussi ses habits, ses chapeaux et ses perruques, et vous former ainsi un muséum beaucoup plus curieux que celui que vous prétendez avoir composé de vos *vieilleries;* celles de l'oncle auraient remonté cinquante ans plus haut. Voyez quel avantage : avec cette précaution, vous n'auriez pas parlé en votre nom de ce que vous n'avez ni vu ni pu voir ; et les erreurs, les contradictions, dirai-je les bévues, dont vous régalez de temps en temps vos lecteurs, auraient été mises sur le compte de l'oncle. Vous avez préféré d'en prendre le blâme sur vous ; à la bonne heure : c'est vous qui avez erré, c'est vous qu'on critiquera, tout en rendant justice au piquant et à l'originalité de plusieurs de vos chapitres ; mais l'écrivain qui veut parler de tout, ne parle pas de tout également bien ; c'est ce qui vous arrive : cependant, vous serez encore au-dessus de beaucoup d'autres qui écrivent sur tout, et ne sont en état d'écrire sur rien, ou à peu près.

N°. 2. — POT-POURRI.

« M'expliquera-t-on pourquoi la curiosité qui » ne se lasse pas du spectacle de *Pierre*, ne » conduit personne au *Cosmorama*, dont les » tableaux sont plus vastes, plus intéressans, » plus variés. » Parce que le spectacle de *Pierre* est fort au-dessus de ces tableaux admirables, qui ne sont, à les bien prendre, qu'une lanterne magique du premier ordre.

N°. 3. — LE PARRAIN.

La morale de ce chapitre est qu'il ne faut pas accepter d'être parrain, lorsqu'à peine on connaît les gens et qu'on ignore jusqu'où cette acceptation peut vous mener. Il en a coûté cent louis à la personne dont vous racontez la piteuse aventure; elle n'a eu que ce qu'elle méritait, car je ne puis me persuader que l'anecdote vous regarde, quoique vous la preniez sur votre compte. Ce serait pousser la bonhommie trop loin, et je vous renierais pour mon confrère, si vous n'étiez pas plus fin que cela.

N°. 4. — LES TARTUFFES.

L'épigraphe de ce chapitre est : *ô pestis! ô labes!* que vous traduisez par : *quelle bonté! quel fléau!* J'avoue que cette explication m'a dérouté; il faut que la langue latine ait subi, ainsi que la nôtre, des changemens qui ne sont pas encore généralement adoptés.

L'établissement des dépôts de mendicité et des ateliers de travail a diminué la masse des mendians à Paris, où cependant il s'en trouve encore beaucoup plus qu'il ne faudrait; quant aux départemens, si vous y avez voyagé depuis deux ans, mon confrère, vous aurez été assailli à chaque relais de la diligence (car un pauvre ermite ne doit pas voyager en poste), d'une nuée de pauvres, tout comme il y a vingt-cinq ans; ce qui prouve l'insuffisance de la mesure, son inexécution, ou une augmentation très-marquée de gens qui manquent de pain.

N°. 6. — LETTRE D'UN BOURGEOIS DU MARAIS.

Ce bourgeois avec ses dix mille livres de rente qu'il rabâche à la fin de tous ses alinéa, est un bavard et un radoteur; il ne dit pas un mot qui n'ait été dit cent fois, et votre réponse ne vaut guère mieux que ses réflexions.

N°. 8. — MAISON D'ÉDUCATION.

Ces distributions de prix publiques dans les pensions de demoiselles, n'existent plus, soit que *l'autorité* s'en soit mêlée, soit que le ridicule dont on les a couvertes ait obligé les institutrices à y renoncer; mais le même mode d'éducation subsiste toujours : la danse, la musique, la botanique (où les jeunes personnes ne comprennent jamais un mot), en font la base. On se garde bien de leur rien apprendre de relatif aux soins du ménage ; les petites bourgeoises, même, commencent à rougir de s'occuper de ces détails minutieux et fatigans. Un piano, une harpe, des cahiers de musique, quelques romans et des vases de fleurs ou d'arbustes réputés exotiques, voilà les meubles du cabinet d'une jeune personne à la mode ; on est ensuite étonné que cette jeune personne devenue mère de famille, donne à corps perdu dans toutes les frivolités, suive toutes les modes, se couvre de ridicules et finisse par élever ses enfans comme elle a été élevée elle-même. Cela est très-simple, et la surprise serait bien plus naturelle, s'il en était autrement.

Vous prétendez qu'à peine un étranger sur mille visite nos hôpitaux ; je crois ce calcul très-inexact ; tous ceux qui voyagent par curiosité, les visitent, à coup sûr. Je me fonde sur ce que, moi qui, sans avoir fait le tour du monde comme vous, mon confrère, ai beaucoup voyagé par terre, je les ai toujours visités avec le plus grand soin, partout où j'en ai trouvé ; les regardant comme d'autant plus intéressans à connaître, que leur tenue, leur administration, bonnes ou mauvaises, entrent pour beaucoup dans l'opinion que l'on doit prendre des gouvernemens : j'ai été rarement trompé sur ce point-là ; aussi ai-je trouvé les hôpitaux bien tenus, bien administrés à Vienne, à Milan, à Copenhague; moins bien en Russie, fort mal en Pologne.

N°. 9. — ÉLOQUENCE DU BARREAU MODERNE.

Ce chapitre m'a jeté dans une cruelle incertitude; je suis encore à chercher lequel est le plus plaisant, ou de cet avocat qui vous écrit pour vous demander des conseils qu'il ne suivra pas, ou de vous qui avez la bonté de les lui donner, bien persuadé qu'ils seront en pure perte. Vous voulez qu'un avocat ne compte pas ses cliens et choisisse ses causes ; il fera tout le contraire, parce que c'est le client qui paye, et que le prendre au hasard, ce serait s'exposer à travailler à bon marché, ce dont ces messieurs ne sont pas capables aujourd'hui. Vous voulez qu'un avocat défende la veuve et l'orphelin opprimés; il ne le fera que s'il y a quelque espoir de leur faire recouvrer des biens dont ils sont injustement dépouillés, parce qu'alors la reconnaissance sera proportionnée au service. Quant aux grandes questions d'état et autres causes qui doivent faire la réputation d'un avocat, il s'en chargera lorsque sa fortune sera faite ; mais vous ne lui persuaderez jamais de commencer par-là : l'argent d'abord, la gloire viendra ensuite si elle peut.

La véritable éloquence du barreau d'aujourd'hui consiste à dire beaucoup d'injures à l'adversaire, à l'humilier, à le dénigrer. On cite un avocat très-célèbre qui a, dit-on, tellement maltraité deux fois sa partie adverse, lui a dit des choses tellement dures, que ces deux individus, réduits au désespoir, se sont donné la mort. J'ai peine, je l'avoue, à croire ce fait, non que je révoque en doute l'excès où peut se porter un homme doué de grands moyens oratoires, exaspéré par son client, qui ayant oublié les devoirs de son état, se laisse entraîner au-delà de toutes les bornes ; mais parce que ces individus, à moins qu'ils ne fussent les plus sots, les plus imbécilles des hommes, avant de se tuer eux-mêmes, auraient sûrement tué celui qui les portait à cet acte de désespoir.

Ce qu'il y a de plus fâcheux, c'est qu'il est absolument impossible de mettre un frein à la rapacité des gens de loi ; elle est toujours couverte d'un voile impénétrable. On aura beau taxer les dépens ; le client n'échappera pas à cette taxe particulière et secrète que tout le monde connaît, dont tout le monde est victime, et qu'on ne détruira jamais. Les fortunes scandaleuses de plusieurs jurisconsultes attestent la réalité de l'abus dont je me plains. Je pourrais en citer deux très-connus qui n'ont pas rougi, l'un de faire payer des conversations tenues dans le monde comme des consultations ; l'autre de porter en compte tous les dîners que lui avait donnés par pure politesse une de ses clientes, et d'exiger un louis pour chacun, quoiqu'il n'y eût pas été prononcé un seul mot relatif aux affaires.

Comme les mauvaises causes se payent mieux que les bonnes, MM. les avocats sont presque tous à l'affût des premières : souvent leurs peines ne sont pas perdues, et on se rappelle malgré soi le conseil que donnait toujours un grand jurisconsulte : *Si vous avez raison, accommodez-vous ; si vous avez tort, plaidez.* C'est faire en peu de mots un éloge complet, et de la justice, et des tribunaux.

J'ai entendu soutenir que l'ouvrage de M. Selves, sur les abus du Palais, avait occasionné la retraite de M. H., l'un des plus estimables collaborateurs du journal de l'Empire. Ce rédacteur ayant cru devoir faire l'éloge de cette production (qui le mérite à beaucoup d'égards), a exaspéré tous ceux qui s'y sont crus signalés : les autres ont pris parti par esprit de corps : les menaces de tous ces gens-là ont tellement effrayé

M. H., qu'il a quitté la partie. J'avoue que je ne puis me persuader que ce fait soit réel : les abus du Palais sont crians et innombrables : M. H. a jugé l'ouvrage selon sa conscience, et je ne lui crois pas la dose de *timidité* nécessaire pour avoir cédé lâchement à d'aussi misérables craintes. Au reste, la vérité aurait pu nous parvenir par un autre organe que celui de M. Selves, j'en conviens ; mais c'est toujours la vérité.

N°. 10. — SECONDE LETTRE D'UN BOURGEOIS DU MARAIS.

Cette seconde lettre est dans le genre de la première ; je n'en dirai pas davantage ; ce bourgeois a pris son pli ; nous n'en tirerons jamais rien qui vaille.

La liste de vos *pourquoi*, déjà assez longue, aurait pu l'être infiniment plus, et vous seriez encore loin d'avoir signalé tous les abus ; mais vous vous étonnez de choses très-simples, par exemple des cent cinquante représentations de la Chatte merveilleuse, pendant qu'une bonne tragédie, ou une bonne comédie du premier ordre, n'en a pas vingt. Quand on a étudié les mœurs parisiennes, on doit connaître le public, et par conséquent n'être point surpris d'un pareil résultat.

Cette escroquerie de gens qui ont l'air d'avoir

été renversés par un cabriolet, dont ils ont été à peine frôlés, pour obtenir quelques écus du maître, est très-réelle; il faut ajouter ce trait à tous ceux qui caractérisent l'industrie de la génération actuelle, et qui lui font tant d'honneur.

N°. 13. — DES ALBUM.

L'homme de lettres du marais vous écrit des choses bien communes. Ses réflexions ont été déjà faites mille fois; son projet, en quatre articles, n'a rien de neuf; ses épigrammes sont usées; un *album* garni de sa façon ferait un pauvre recueil. Ce brave homme date son épître de l'hôtel d'Asnières; à la bonne heure; il est chez lui.

N°. 14. — DES SÉPULTURES.

Ce chapitre offre de l'intérêt, et il y prêtait beaucoup. L'observation qui le termine, qu'une grande partie des individus déposés au cimetière de Montmartre, a payé le tribut bien avant l'âge ordinaire, regarde principalement les femmes : c'est à la funeste mode, d'aller à demi-nues, qu'elles doivent de vivre trente et quarante ans de moins. Les médecins l'ont remarqué, l'ont dit, l'ont écrit de toutes les manières : on les a traités de radoteurs; la mode l'a emporté; les femmes ont continué de la suivre et de mourir jeunes. Elles sont donc bien moins attachées à la vie qu'on ne le croit; ou le plaisir de montrer aux passans leurs bras, leur col, leurs épaules, etc., a pour elles un attrait bien puissant.

N°. 15. — RECHERCHES SUR L'ALBUM.

J'étais loin de partager l'admiration de votre correspondant pour les *album* des auberges, c'est-à-dire, pour toutes les inscriptions qui en décorent ordinairement les murailles, et surtout les cheminées. Pour une pensée qui eût le sens commun, j'avais toujours trouvé vingt sottises ou platitudes, parce qu'apparemment le hasard m'avait mal servi dans le choix de mes gîtes. Si le balai des servantes que redoute tant votre correspondant eût fait disparaître ces chefs-d'œuvre, j'aurais regardé cette opération comme un très-petit malheur. Mais aujourd'hui je change d'avis; puisque vous ne vous permettez aucune réflexion sur cette lettre, cela suppose que vous adoptez tous les principes qu'elle renferme. Je suis donc convaincu que « les choses » gaies, spirituelles et originales que les Fran» çais ont déposées depuis vingt ans, dans les » auberges sur les routes d'Italie et d'Alle» magne sont innombrables; qu'il s'y trouve » des pensées dignes de Pascal, de La Bruyère, » etc. » Votre correspondant fait des vœux pour

pour que quelque *postillon littéraire* aille sauver ces *trésors* menacés journellement par le balai d'une servante. Cette entreprise serait digne de vous, mon confrère ; vous ne craignez pas la fatigue : lorsqu'on a commencé à courir le monde à treize ans, qu'on a fait la guerre de sept ans, le tour du monde avec Bougainville, la guerre d'Amérique, le voyage de l'Inde, dont on est revenu pendant la révolution, on n'est pas avare de ses pas. La plus riche moisson vous dédommagerait amplement de vos peines ; et lorsque vous serez à la fin de votre *chapelet*, ce qui ne tardera pas, vous pourrez, au lieu de plier bagage, continuer votre travail hebdomadaire, et sous le titre piquant de *postillon littéraire*, remplir deux ou trois cents feuilletons de *quatrains* charmans, de *sentences*, de *maximes* et de *pensées*, toutes plus admirables les unes que les autres : méditez sur cette idée, elle en vaut la peine ; et vous m'en remercierez un jour.

N°. 19. — GALERIE D'ORIGINAUX.

Oubliant que vous avez vu tous les débuts, toutes les premières représentations depuis 1764, vous nous dites ici que vous avez fait la guerre d'Amérique : elle a dû nécessairement interrompre vos observations. Vous vous êtes reconnu

dans une gravure de 1778, parmi un groupe d'originaux et de *jeunes gens* passablement ridicules ; mon confrère, vous aviez alors trente-sept ans : on peut, à la vérité, être ridicule à cet âge, et même plus tard ; mais on n'est plus un jeune homme.

N°. 20. — MŒURS DE L'ANTICHAMBRE.

Vous les peignez comme elles sont, et comme elles doivent être aujourd'hui plus que jamais, par la composition de ceux qui habitent les salons. Je vous félicite d'avoir pour ami un homme très-puissant, parvenu à de grandes places, qui les mérite, et qui n'a ni rivaux, ni envieux : c'est un phénix que cet homme-là.

Votre dissertation sur la diseuse de bonne aventure de la rue de Tournon ne corrigera personne ; les femmes continueront de la consulter, de l'enrichir, d'ajouter foi à ses ridicules oracles, tout en convenant qu'elles ne voudraient pas voir leur nom dans les journaux, le lendemain de leur visite : comme cela est conséquent ! jamais le ridicule ne sera assez puissant pour convertir les femmes ; mais si l'autorité administrative s'en mêlait, et faisait fermer ces repaires de harpies, journellement encombrés d'imbécilles et de dupes, il n'y aurait, je pense, pas grand mal ; ce serait une attention paternelle réellement digne d'un Gouvernement éclairé, qui ne veut que le bien de ses administrés.

N°. 22. — LA LOTERIE.

L'aventure de votre domestique, qui vous a planté là après avoir gagné un terne de six francs (ce qui est assez naturel), fait les frais de ce chapitre; mais comment un moraliste, qui s'occupe de loterie pendant plusieurs pages, oublie-t-il d'envisager cet établissement sous son point de vue moral? Vous n'avez donc pas lu ce qu'a écrit M. Mercier, de l'Institut, sur les loteries; et parce qu'il a cru ensuite devoir solliciter un emploi dans leur administration, ses remarques en subsistent-elles moins dans toute leur force? D'ailleurs, il a eu ses raisons; ne pouvant détruire l'abus, il en a profité: le chien de la fable, qui ne peut défendre le dîner de son maître, se décide à en manger sa part: il y a beaucoup de philosophie dans la conduite des deux *personnages*.

N°. 23. — CORRESPONDANCE.

Les deux correspondans dont vous rapportez les lettres, ont, selon l'usage, tort l'un et l'autre: le premier ne trouve rien de bien; le second, rien de mal. Lorsqu'on ramène tout à un systême quelconque, on déraisonne ordinairement; comme tous les peuples, et comme dans tous les temps, nous avons du bon et du mauvais. Quelques abus ont été réformés; on en a créé d'autres ; la masse est toujours à peu près la même, et cet état de choses durera éternellement.

Lorsque M. L. de St.-Em. vous écrit sérieusement que les Français priment aujourd'hui dans tous les genres, qu'ils peuvent à quelques égards, être au-dessous d'eux-mêmes, mais qu'ils sont encore au-dessus des autres, je ne puis être de son avis : c'est fort bien fait d'aimer sa patrie, de la vanter, de l'exalter jusqu'à un certain point; mais il n'est jamais permis de déraisonner.

N°. 25. — LES ALMANACHS.

Les almanachs vous mènent aux chansons, et les chansons aux soupers d'autrefois, que vous regrettez avec raison, quoique sans les avoir réellement connus; on vous les a décrits, on vous a donné le costume et le signalement de Collé, et en écrivant ce qui le concerne, vous avez cru avoir vécu avec lui. Les dîners de six et de sept heures, amèneront, selon vous, la ruine des grands spectacles; je ne le pense pas, ou du moins, n'en sera-ce pas la cause principale. La composition des spectateurs, des juges de la scène, l'ignorance de presque tous ceux qui peuplent aujourd'hui les salles de spectacle, le ridicule délire pour tel acteur ou actrice, l'indifférence plus ridicule encore pour des chefs-d'œuvre, lorsque l'acteur chéri n'y joue pas, la disette de pièces nouvelles faites pour demeurer au répertoire, les longueurs, les entraves de toute espèce qui découragent les auteurs (ceci est pour la comédie française); la difficulté, pour ne pas dire l'impossibilité, de faire jouer leurs pièces, s'ils ne sont pas de la secte privilégiée (ceci regarde l'Académie de musique): voilà quelles seront les causes principales de la ruine que vous redoutez, et qui pourra fort bien arriver. Jusqu'à présent les spectacles se soutiennent, c'est-à-dire, que les recettes suffisent aux frais, et donnent aux sociétaires ou directeurs un honnête bénéfice; ceux-ci n'en demandent pas davantage. Nous parlerons tout à l'heure de la mort de Grétry, et de la sensibilité exquise qu'ont montrée les acteurs du théâtre Feydeau, qui a diverti le public un peu plus que beaucoup de leurs opéra, dits comiques.

N°. 26. — LES ÉTRENNES.

Je partage bien sincèrement tous les souhaits par lesquels vous terminez ce chapitre; cependant ils ne seront pas exaucés : ceux qui regardent les auteurs, les acteurs, surtout les journalistes, me paraissent des rêves : vouloir persuader à un faiseur de feuilletons qu'un ouvrage, même médiocre, a plus de mérite réel que ces colonnes en petit-texte, qui, en dernier résultat, n'ont d'autre effet que de procurer, à la fin du mois, quelques napoléons à leurs auteurs, c'est se bercer d'une chimère. Vous convaincrez bien plus difficilement celui qui, hors d'état de produire un ouvrage, s'en tient depuis dix ans à son feuilleton, tel, par exemple, que **M. A.**, du Journal de l'Empire, qui n'a jamais pu en sortir, et n'en jouit pas moins d'une sorte de réputation dans ses coteries, où il tient le dé, et où on le regarde comme un petit oracle. Ajoutez donc à vos souhaits celui de voir un jour un peu plus de bon sens et de tact chez les distributeurs de la renommée du faubourg St.-Germain.

DEUXIÈME VOLUME.

Je lis dans l'avant-propos de ce volume, ce qui suit : « Je m'occupe des classes, des espè-» ces, jamais des individus..... Les personnali-» tés appartiennent à la satire, et je n'ai pas à » me reprocher qu'elle ait une seule fois dans » ma vie déshonoré ma plume. » Mon confrère, vous ne parliez sans doute que du passé, et ne vous engagiez à rien pour l'avenir; car votre chapitre 74, dans le troisième volume, dirigé contre M. Geoffroy *personnellement*, est, non une critique, mais une satire très-virulente, très-indécente, à laquelle je renvoie mes lecteurs. Ils apprécieront à leur juste valeur votre profession de foi, et l'assurance formelle que vous osez donner, de ne vous occuper jamais des individus, lorsque vous en déchirez un pendant plusieurs pages, et jusqu'à une satiété qui devient dégoûtante, le tout pour avoir critiqué un ouvrage très-médiocre auquel vous prenez beaucoup d'intérêt.

N°. 27. — UNE PREMIÈRE REPRÉSENTATION D'AUTREFOIS.

La lettre d'un marquis d'Hernouville qui peut avoir existé, quoique personne n'en ait entendu parler, est assez curieuse. Le jugement qu'on y porte sur Britannicus a été cassé par la postérité; il en sera de même, en sens inverse, de plusieurs tragédies que vous et moi connaissons bien. Douze ou quinze représentations applaudies dans leur nouveauté, et l'on sait pourquoi, n'empêcheront pas qu'avant dix ans elles ne soient reléguées à perpétuité dans l'oubli le plus profond.

N°. 33. — AFFICHES ET AVIS DIVERS.

Vous pouviez, au lieu de dix pages, en composer trente de ces annonces épigrammatiques ou prétendues telles, le plus facile et le plus misérable de tous les genres; et comment donnez-vous de pareilles rapsodies pour des observations sur les mœurs parisiennes? Vous prenez vos lecteurs pour de grands imbécilles. Trouvez-vous, par exemple, qu'il y ait beaucoup d'esprit dans cette annonce : « Une jeune *fille* de » vingt-deux ans, à son *premier lait*, désire trou- » ver un nourrisson..... Elle a déjà nourri *plu- » sieurs* enfans. » Est-ce là un modèle de ce bon ton dont vous avez la prétention de ne vous écarter jamais? Aux *objets perdus*, vous citez une collerette de mousseline, une paire de gants de femme et une montre d'or oubliées dans un fiacre; autre exemple de bon ton, qui vous a paru si admirable, que vous le répétez mot à mot dans le n°. 61 du tome troisième.

N°. 34. — QUELQUES PORTRAITS.

La réponse que vous fait le petit chevalier d'Arboise, m'a fort diverti. Il prétend qu'à Rome un bon cuisinier eût été payé autant que douze philosophes comme vous; c'est un peu fort, et je crois que le chevalier exagère ; s'il se fût contenté de dire deux ou trois, à la bonne heure ; il ne faudrait pas même aller à Rome pour cela. J'ai été enchanté de la manière adroite dont vous désignez les gens sans les nommer. Le poëte *Rodrigue* pour le marquis de *Ximénès*, comme c'est bien trouvé ! Ce patriarche et un autre vieillard s'écriaient : *où est Lekain? où est Préville? où est Molé?* Ces exclamations vous paraissent très-ridicules ; cependant, où sont réellement tous ces gens-là ? *Nulle part*, quoi que vous en disiez ; et vous, mon confrère, qui n'avez *jamais* vu le premier, qui n'avez pu voir les deux autres dans leur bon temps, comment vous avisez-vous d'établir des comparaisons ?

N°. 35. — LES LETTRES ANONYMES.

J'approuve sans aucune restriction l'indignation que vous manifestez contre un délit que les lois ne peuvent atteindre, et qui, ainsi que vous l'observez, ne diffère de l'empoisonnement que par l'impunité. Mais comment concilier avec cette loyauté française si généralement reconnue, cette multitude de lettres anonymes que chaque jour voit éclore? car ce fléau n'est pas borné à Paris seul. C'est que la loyauté française (il faut l'avouer en gémissant) n'existe plus que dans les livres ; c'est que la révolution dont les plaies sont encore loin d'être fermées, a dénaturé le caractère national, a *démoralisé* le peuple, a même, quoi qu'on en puisse dire, étendu sa funeste influence jusque sur les premières classes de la société. L'ancien temps reviendra sans doute ; il est permis de le vanter dans cette occasion-ci. Nous aurons toujours des défauts, même des vices ; tâchons qu'ils ne soient ni hideux ni révoltans.

N°. 37. — DEUX JOURNÉES A QUARANTE ANS DE DISTANCE.

Ces deux journées sont le 22 mars 1772 et le 22 mars 1812. Que de choses se sont passées pendant ces quarante ans! Nous avons vécu deux siècles. Je lis dans le journal de votre vie, que vous avez tenu avec la plus scrupuleuse exactitude : « Je sors du collége pour entrer au régiment de Savoie-Carignan. » Nous parlerons plus bas de ce régiment et de vos services militaires. « On donnait Andromaque ; j'ai vu Lekain, dans Oreste. » Vous ne l'avez pas vu ; comment donc voulez-vous que Talma soit flatté de vos éloges, et de la supériorité que vous lui accordez un peu légèrement dans la dernière partie du rôle ?

N°. 39. — MACÉDOINE.

J'observerai, en passant, que ce titre aurait convenu à plusieurs de vos chapitres, et même, à la rigueur, à l'ouvrage entier; mais, au reste, le titre n'empêche pas de dire de bonnes choses, quand on peut, et une *macédoine* bien faite est un aussi bon plat qu'un autre.

Vous reconnaissez tout le prix de la mémoire, et vous convenez en même temps que vous n'en avez point; mais bientôt vous chantez la palinodie, et la tournez en ridicule, en ne faisant participer à ses avantages que les conteurs de salons et les érudits d'athénée. Le don de la mémoire a été quelquefois trop vanté, plus souvent trop dénigré. Lorsqu'il est accompagné d'un tact éclairé, d'un jugement solide, c'est le plus précieux de tous les dons; si quelquefois on ne l'estime pas ce qu'il vaut, c'est que la mémoire seule sans goût, sans discernement, ne doit en effet produire que des conteurs insipides et d'ennuyeux raisonneurs.

N°. 41. — LE JOURNAL.

« Un article de journal n'est pas une chose » aussi facile à faire qu'on le croit générale- » ment. » Cela dépend de la manière dont il est fait; j'en connais un grand nombre qui n'ont sûrement pas donné beaucoup de peine à leurs auteurs, et quelques-uns des vôtres, mon confrère, sont dans ce cas. Je conviens pourtant avec vous qu'il n'est pas aisé de contenter tout le monde. Les goûts, la manière de voir et de sentir diffèrent tellement, que le meilleur article trouvera toujours plus ou moins de censeurs; c'est ce qui jette, comme vous l'observez très-bien, quelque désagrément sur un métier qui serait sans cela parsemé de roses, une source intarissable de profit et de gloire.

M. T., l'un des rédacteurs de votre Gazette, ne prend pas la chose aussi tranquillement que vous: il a consigné, dans le n°. du 23 mai 1813, sa profession de foi qui me paraît assez curieuse pour la transcrire ici, avec les observations qu'elle m'a suggérées. S'il faut l'en croire, la profession de journaliste est parsemée de furieuses traverses; après une très-longue énumération de tous les désagrémens qui y sont attachés, M. T. s'écrie douloureusement: « Je ne vois pas » ce que cette triste condition peut avoir de » séduisant pour ceux qui la supportent, et je » félicite sincèrement ceux de mes confrères » qui trouvent joie et plaisirs où je ne ren- » contre que fatigues et tribulations. » Comme M. T. n'a pas été forcé de prendre ce métier-là sous peine de mort, ou de détention perpétuelle, il me permettra de croire qu'il y trouve des agrémens cachés qui compensent toutes ses tribulations ; sans quoi, il serait par trop dupe de ne pas y renoncer. Ce n'est point ici un juge, un administrateur, un homme revêtu d'un emploi important, que le devoir y retient, que l'honneur y attache, que le bien qu'il peut faire dédommage de ses fatigues et de ses tribulations : c'est un journaliste, un faiseur de feuilletons, qui peut, sans le moindre scrupule, abandonner un rôle qui le fatigue ou lui déplaît, qui, se retirant aujourd'hui, sera remplacé demain sans qu'il y paraisse, sans qu'on s'en aperçoive autrement que par le changement d'une lettre au bas de quelques articles. En vérité, n'est-il pas un peu burlesque, d'attacher autant d'importance à ce métier-là, tel qu'il est exercé aujourd'hui, de se croire appelé à être le soutien de la littérature, le guide des écrivains, comme l'aveu naïf en est échappé quelquefois ? On le passait à Fréron, à Querlon, et à quelques autres, dont la manière est perdue : aussi les recueils de ceux-ci sont-ils dans les bibliothèques, et y tiennent-ils un rang distingué. Les feuilletons d'à présent seront-ils aussi bien placés ? Il est permis d'en douter : je n'excepte pas même le Spectateur français, qui, après la publication de quelques volumes, est décédé paisiblement.

Si un auteur s'avisait un jour de se plaindre

des désagrémens attachés à sa profession, s'il parlait de ses *tribulations* et de ses *traverses*, quelle bonne fortune pour tous les journalistes! n'est-il pas vrai, mon confrère? comme ils s'égayeraient à ses dépens! *Eh quoi!* lui diraient-ils, *êtes-vous donc forcé d'écrire? comment pouvez-vous continuer un rôle qui ne vous cause que des désagrémens? faites autre chose, mon ami: si vous ne savez faire que des livres, plantez des choux, vous serez moins malheureux; mais si vous n'abandonnez pas le métier d'écrivain, les traverses dont vous nous bercez sont idéales; elles sont rachetées par des avantages cachés (et dans ce cas, vos plaintes ne sont que risibles), ou vous êtes un* SOT*; nous vous défions de répondre à cet argument.* MM. les Journalistes auraient complètement raison. . . . . . à l'application.

N°. 44. — LES TROIS VISITES.

Je ne m'arrête à ce chapitre que pour relever une erreur de fait; vous dites qu'un de vos oncles était propriétaire d'une maison rue de la Féronnerie, *où Ravaillac se tint caché pendant plusieurs heures le 14 mai 1610.* Comment cela se put-il? Tous les historiens s'accordent à dire que Ravaillac suivit le carosse du roi depuis le Louvre ; qu'arrivé dans la rue de la Féronnerie, un embarras l'empêcha d'avancer pendant quelques instans ; qu'alors, le monstre monta sur une borne, de là sur la roue, d'où il frappa le monarque. Arrêté sur le champ, il ne paraît guère possible qu'il se soit tenu caché pendant plusieurs heures dans cette maison : je m'en rapporte à vous.

N°. 47. LE PALAIS-ROYAL.

« Tous les amateurs sortaient par groupes
» du Café de Foi, pour se rendre, les uns
» à l'Opéra, les autres aux Tuileries et dans la
» rue Mauconseil, où se trouvaient la Comé-
» die française et la Comédie italienne...... Tel
» était l'état des choses en 1762. » Toujours cette *enfantine* manie de vous faire vieux, et de parler de ce que vous n'avez pas vu. En 1762, la Comédie française n'était pas aux Tuileries. « Je partis alors pour un voyage de
» long cours ; à mon retour, tout était changé ;
» d'immenses galeries, d'innombrables bouti-
» ques, etc. » Vous oubliez, 1°. que vous avez vu tous les débuts et les premières représentations depuis 1764 ; 2°. que vous avez fait le tour du monde avec M. de Bougainville. Vous voyez bien, mon confrère, que vous tombez dans des contradictions trop choquantes ; votre roman

devient un vrai chaos dont vous ne vous tirerez jamais. Au reste, je pense comme vous, que le duc d'Orléans était, comme tous les propriétaires, le maître de faire dans son palais des changemens quelconques à son gré, et sans en devoir compte à personne. Les plaintes des voisins lésés par ces travaux étaient injustes et ridicules. Le public se rangea du côté de ces propriétaires, qui se prétendaient lésés, et donna une nouvelle preuve de la légèreté française, qui adopte toujours sans examen les opinions les moins raisonnables.

Si le duc d'Orléans n'eût pas été un prince du sang, l'animadversion générale se fût prononcée bien moins fortement. Le peuple n'embrassa aussi vivement la cause des propriétaires qu'en raison de la qualité de l'adversaire; il prend toujours le parti du plus faible, c'est-à-dire, de celui dont il est le plus rapproché, sans savoir si le droit est de son côté : il se venge à sa manière de la supériorité des hommes puissans. S'élève-t-il une discussion entre un très-grand seigneur et un simple particulier? Le public commence par donner raison à celui-ci, sans autre motif que le désir qu'il a que le premier ait tort.

Vous êtes *conservatorien*, mon confrère; votre sortie contre les habitués du café *Lemblin*

ne

ne permet pas d'en douter : si ces habitués, dont il n'y a pas un sur dix qui entende quelque chose à la musique, se bornaient à blâmer le despotisme qu'exerce le Conservatoire sur tout ce qui tient à l'art musical, ils ne seraient pas si déraisonnables. En effet, l'auteur d'un grand opéra *reçu*, attendra dix ans, quinze ans, toute sa vie avant de le voir jouer, s'il n'est pas le très-humble serviteur du Conservatoire ; sous ce point de vue, ce grand et magnifique établissement est loin de contribuer à l'avantage et à la propagation de la science. Au lieu d'encourager les talens, il les paralyse : tout ce qui est exclusif les tue sans retour. Je ne discuterai point ici le mode d'enseignement qu'on y professe ; ce qu'il y a de certain, et ce que l'expérience démontre, c'est que les grands ouvrages composés selon les principes adoptés par les professeurs de cet établissement, n'ont pas eu un succès capable de leur promettre une longue existence ; les opéra de Gluck jouissent de la même vogue depuis près de quarante ans ; plusieurs de ceux de Piccinni sortiraient aussi glorieusement de cette épreuve délicate, si on voulait nous donner autre chose que Didon. Vous faites dire à ces habitués qu'ils veulent du chant...., rien que du chant.... C'est une sottise ; mais s'ils entendent que les accompagnemen doivent être subordonnés au chant, au lieu de briller à ses dépens, ne pas le couvrir, ne pas le faire disparaître sous des accords bizarres, des effets trop bruyans et trop recherchés, sous une multitude de notes entassées sans aucun motif (ce qui, soit dit entre nous, est la chose du monde la plus aisée), ils ont raison, et n'en seront pas écoutés davantage.

N°. 52. — L'ERMITE DE LA CHAUSSÉE D'ANTIN, AU CAFÉ DE CHARTRES.

Vous nous régalez d'une longue discussion sur votre personne et sur votre état; le régiment de Savoye-Carignan y joue un rôle, comme à l'ordinaire; il faut que vous ayez une singulière prédilection pour ce régiment. La conclusion de cette discussion est que, dans des peintures générales, ceux qui se reconnaissent ont tort, et que c'est tant pis pour eux. Cela est juste; mais lorsque vous déclarez à tous ces parleurs que « le reproche auquel vous êtes le plus sen- » sible, et dont vous redoutez jusqu'au soupçon, » est celui de la satire personnelle », vous oubliez votre chapitre 74, qui contient une satire tout à fait personnelle, et du plus mauvais genre. Nous en parlerons plus en détail, quand nous y serons.

N°. 55. — HISTOIRE D'UN SCHALL.

« Je me trouvais au Mogol en 1771. » Autre erreur de date ; vous étiez alors avec votre *bonne*. L'histoire serait tout aussi jolie en lui donnant une date moins reculée de vingt ans. « *La famine Hastings* avait dévoré les deux » tiers de la population » Expression très-ridicule par elle-même, et plus encore, parce qu'en 1771, il n'était pas question de ce gouverneur général. Vous confondez tout, les dates, les événemens ; vous appelez tout cela de la morale ; ce n'est qu'un véritable *salmi*. Vous voilà revenu en France en 1773, pour nous apprendre que la mulâtresse Ysabeau avait ruiné en moins de cinq ans trois grands seigneurs, cinq maîtres des requêtes et quatre fermiers généraux. Jamais les maîtres des requêtes ne se sont trouvés en aussi bonne compagnie pour la partie des finances. Mais pour rendre la chose égale, vous auriez pu, au lieu de cinq, en mettre quinze ou vingt. Le reste de l'histoire de votre schall ressemble à tout, comme le sujet lui-même : vous avez bien voulu convenir, en débutant, que vous n'aviez pas le mérite de l'invention.

N°. 56. — LES JOURNAUX.

Votre correspondant de Nérac vous prie de

l'abonner à un journal, à la rédaction duquel la bonne foi préside, qui soit décent, plaisant, varié et malin, sans être méchant. Vous lui répondez fort bien qu'il est fou ou qu'il se moque; il eût été bien plus fou de demander un journal qui reconnût ses erreurs, qui se rétractât franchement lorsqu'il lui serait échappé quelque bévue, qui accueillît les critiques fondées que les littérateurs se permettent quelquefois sur les ouvrages nouveaux, et ne les rejetât pas, de peur de nuire à l'ouvrage, c'est-à-dire au libraire; car il est assez plaisant que sur dix auteurs dont les journaux parlent en bien, plus de la moitié le doive au libraire, que l'on veut ménager, je ne sais pourquoi : c'est surtout pour les grands ouvrages, dont la vente est plus importante, que cette tactique a lieu. J'en parle par expérience (1). Voilà ce qui explique le triste

---

(1) J'avais envoyé à un journal quelques notes sur la *Biographie des Jeunes Gens*, ouvrage estimable à plusieurs égards, mais qui n'est pas exempt d'erreurs; j'en signalais quelques-unes, entr'autres celle qui veut que M. de Chevert ait été soldat; *il ne l'a pas été.* Beaucoup de noms propres sont estropiés; parmi les portraits qui ornent cet ouvrage, celui de Gustave Adolphe est coiffé *en aîles de pigeon* et poudré à blanc; aucun de ceux qui en ont rendu compte n'a remarqué cette bévue, jusqu'à la *Gazette* du 16 dé-

état de notre littérature, et l'état plus triste encore où elle se trouvera bientôt.

---

cembre, qui a reconnu que ce portrait était celui de Gustave III, ce qui est vrai; négligence impardonnable, qui prouve qu'on aime mieux publier l'ouvrage quatre jours plutôt, que de vérifier et de corriger des erreurs aussi ridicules. Il ne tient qu'à M. Alph. de B. de croire que son ouvrage est parfait; s'il l'eût imprimé et vendu pour son compte, il saurait à quoi s'en tenir. D'ailleurs, il doit attacher peu d'importance à un livre qui porte son nom, mais auquel dix ou douze personnes au moins ont travaillé.

Autre exemple. Le voyage de M. Millin dans les départemens est rempli d'erreurs de tout genre; l'auteur n'a eu d'autre but que de compléter un manuscrit bien volumineux, et de le vendre à un libraire, ce qu'il a fait: je l'ai vu dans une grande ville de département visiter des établissemens, c'est-à-dire, entrer par une porte et sortir par l'autre, après avoir causé dans la cour, pendant cinq minutes, de la pluie et du beau temps; il n'en a pas moins parlé avec beaucoup de détails de ce qu'il avait à peine entrevu. Parmi un grand nombre d'erreurs, j'ai remarqué les suivantes: *Tome 2, page* 126. « Le pont Saint-Esprit » a 145 toises de long. » Il en a plus de 400. *Idem, page* 129: « La route de Montélimart à Orange passe » à Saint-Paul-Trois-Châteaux. » Elle n'y passe pas, et n'y a jamais passé. *Idem, page* 96: « Le pont de la » Drôme est de marbre et a trois arches. » Il est de très-belles pierres, et non de marbre, et il a *cinq* arches. *Idem, page* 187: Le territoire de Lambesc

Cependant, pour servir votre correspondant selon son goût, vous lui proposez de s'abonner

---

» fournit l'huile d'Aix. » Il fallait dire qu'on vendait souvent de l'huile de Lambesc (et même d'ailleurs, de Manosque, par exemple) pour de l'huile d'Aix : c'est comme si M. M. avait dit que le canton de l'Hermitage fournissait le vin de Côte-Rôtie. *Idem*, *page* 438 : « La ville de Toulon peut être regardée comme » imprenable. » M. M. n'est pas ingénieur ; une ville dominée de plusieurs côtés, n'est pas imprenable. « Le duc de Savoie l'assiégea inutilement en 1624. » Cette année-là, la France et la Savoie étaient alliées ; et Toulon n'a point été assiégé ; l'auteur a voulu mettre en 1707. *Idem*, *page* 494 : « C'est à Fréjus que » la frégate *le Muron* a descendu l'Empereur Napo- » léon à son retour d'Egypte. » C'eût été difficile ; car Fréjus est fort loin de la mer : c'est à Saint-Raphéau, hameau sur le bord de la mer. « Les habitans » prirent sur eux de le dispenser de la quarantaine, » faveur qui lui avait été refusée sur plusieurs points » de la côte. » Si M. M. connaissait les lois *sanitaires*, il ne serait pas surpris que cette faveur eût été refusée partout. — Parmi les hôtels remarquables d'Avignon, l'auteur cite ceux de Cambis et de Crillon ; il aurait pu y joindre l'hôtel de Villeneuve et celui d'Aulan (aujourd'hui Pluvinal), au moins aussi beaux et beaucoup mieux situés : l'hôtel de Crochant méritait aussi un souvenir du voyageur ; mais il a vu tout cela en courant la poste. *Tome* 3, *page* 265 : « Roi tuni- » sien » ; lisez *Reïs* (capitaine de navire.) *Idem*, *page* 319 : Le château d'If est *encore* une prison à tous les journaux : je n'approuve point ce conseil, car le vieux capitaine, après les avoir lus, serait comme l'âne de Buridan : sur quatre, deux blâmeront ce que les deux autres auront loué, et, selon toute apparence, par cette seule raison : les feuilles périodiques sont ordinairement en querelle ouverte; il suffit qu'un auteur plaise à l'une, pour déplaire à l'autre. Vous trouvez le moyen de faire l'éloge de tous les journaux, à tour de rôle; il est vrai qu'à la fin de l'article vous avertissez votre correspondant de se prémunir contre le ton doctoral, la morgue, l'ennui, la futilité, la partialité choquante et quelquefois vénale, l'ignorance et le mauvais goût en général, et enfin la mauvaise foi de presque tous. Avec de pareils correctifs, vous n'aurez pas à vous reprocher d'avoir réveillé

d'Etat, et l'était lorsque l'auteur l'a visitée. *Idem*, *page* 365 : L'abbé Barthélemy est né à *Cassis*, et » non à Aubagne. » Sa médaille le dit positivement, et il n'était pas permis à M. M. de l'ignorer. Indépendamment de ces erreurs et de beaucoup d'autres, il y a très-fréquemment des noms propres estropiés. Ces notes et celles sur la Biographie ont été refusées par deux journaux, parce qu'elles auraient pu empêcher la vente de trois ou quatre exemplaires des ouvrages, et priver les libraires éditeurs de quelques écus : raison sans réplique. Et les journaux se plaignent du peu de considération dont ils jouissent!

l'amour-propre des journalistes, et lorsque ces vérités sortent de la plume d'un confrère, il n'est plus permis d'en douter.

La partialité choquante et quelquefois vénale de certains journalistes, regarde certainement M. Geoffroy. Vous le déclarez formellement et très-longuement au Chapitre 74; mais que diriez-vous, mon confrère, si je m'avisais de soupçonner d'autres que lui de vendre leur opinion? Je me crois très-libre de penser que plusieurs recevraient peut-être, si on leur offrait; mais que leur suffrage n'a pas assez de poids, que les auteurs n'y attachent pas assez d'importance pour le payer du plus petit sacrifice. Puisqu'on accuse journellement M. Geoffroy de recevoir de toutes mains, qu'on le répète jusqu'à en devenir fastidieux et insipide, je puis penser et dire sur d'autres ce que l'on pense et dit sur lui. J'ai la discrétion de ne nommer personne; chacun peut renvoyer mes soupçons sur son voisin; on n'a pas laissé cette latitude à M. Geoffroy.

Un proverbe trivial dit que *les petits chiens veulent faire comme les grands*; d'après cet axiome, les journalistes de province se croient obligés de dire aussi des injures à M. Geoffroy. Quelquefois elles sont écrites dans la langue du pays, c'est-à-dire dans une sorte de patois gasçon ou languedocien ; ce qui amuse les Parisiens aux dépens des *feuilletonistes* de département : mais ceux-ci n'en voient rien et se délectent, en songeant qu'ils ont contribué à écraser le *colosse*, qui se relève de temps en temps, et les traite comme ils le méritent. Ces Messieurs jugent aussi les ouvrages nouveaux ; car, grâce à Dieu, on établit un journal aussi facilement qu'un magasin de comestibles. Les nouvelles des théâtres sont les plus importantes et les plus soignées dans les feuilles départementales. On y flagorne les acteurs et les actrices, ou on les dénigre ; je ne sais si leurs jugemens sont déterminés par les mêmes motifs qu'à Paris ; ce que je sais, c'est que, très-fréquemment, les opinions sur les pièces et les acteurs sont la chose du monde la plus comique, soit par elles-mêmes, soit par la manière dont elles sont exprimées.

Un journal hebdomadaire, avec vingt fois moins de souscripteurs, sera toujours un monument littéraire plus précieux que toutes les feuilles quotidiennes. Dans vingt ans, la moitié des abonnés au Journal des Arts, même au Mercure, auront conservé les leurs en corps d'ouvrage, et il n'existera pas dix collections complètes du Journal de l'Empire, avec ses vingt-huit mille abonnés.

C'est surtout aux approches d'une élection à l'Institut, que les Journaux deviennent de véritables arènes : les satyres, les brocards, pleuvent sur ceux qu'on veut éloigner ; la calomnie même est employée, parce qu'on a l'espoir qu'elle aura fait son effet avant d'être reconnue, et que le candidat sera *éliminé.* Ceux qu'on protége, sont impudemment et ridiculement exaltés, qu'ils le méritent ou non. Quelques écrivains bien obscurs osent quelquefois se mettre sur les rangs ; comme on ne daigne ni combattre leurs prétentions, ni discuter leurs titres, et qu'on se contente de les nommer au public, ils ne sentent pas l'épigramme ; ils se persuadent que leur inscription n'est pas si ridicule, et ils se promettent bien de la renouveller à la première vacance ; ce qu'ils feront très-exactement jusqu'à la fin de leurs jours, laissant à leurs descendans la gloire de trente ou quarante ans de candidature.

N°. 59. — REVUE DE L'AN 1812.

Une partie de ce qu'a vu de remarquable l'an 1812, est consignée avec la plus scrupuleuse exactitude ; mais vous n'avez pas tout dit, il s'en faut ; plusieurs articles seraient peut-être susceptibles de quelque discussion, si vous n'aviez pas choisi des sujets qui n'en admettent point : or, un avocat auquel on ne peut répondre, dit ce qu'il veut ; il a toujours raison.

Les querelles de musique ne pouvaient être oubliées dans une revue de l'an 12, aussi les signalez-vous, et dans un style très-neuf : « Une » nuée d'étourneaux, sous la conduite d'une » buse ultramontaine, fondit à l'improviste sur » les bocages du conservatoire. » Vous avez dû bien rire de vous-même, en écrivant cette phrase si recherchée, si précieuse, tranchons le mot, si ridicule. Je ne puis croire que M. Belloni soit la buse ultramontaine ; vous en feriez un chef de secte sans qu'il s'en doute : si vous le connaissez, vous devez savoir qu'il n'a pas l'*étoffe* nécessaire pour jouer ce role-là. « Un établissement national, utile, envié à la » France, s'est vu en proie à tous les genres » d'outrages : » *national*, soit ; il est à Paris, il est donc national : *utile ;* s'il ne l'était pas, on aurait fait une grande sottise de l'établir, et on en ferait une plus grande de le soutenir à grands frais : *envié à la France ;* par qui ? Vous n'en savez rien ; les conservatoires d'Italie n'ont rien à lui envier pour les compositeurs ni pour les élèves qu'il a formés. Le seul genre dans lequel le conservatoire n'ait pas de rivaux, est l'exécution instrumentale ; mais la perfection de l'exécution, et la supériorité des maîtres dans chaque instrument, ne constituent pas seules une école de musique. Les professeurs de celle-ci ont raison de soutenir que la bonne musique se compose de mélodie et d'harmonie : cependant, quoi que vous en disiez, vous et tous les les partisans exclusifs de cet établissement, *tous* les ouvrages qui en sont sortis ne fournissent pas la preuve que l'exemple soit toujours la suite du précepte. L'Europe entière n'applaudit pas à *toutes* ces productions, et le temps fera justice de plusieurs avant peu d'années.

En dernier résultat, les *outrages* auxquels le conservatoire a été en proie, se sont réduits à l'accuser de despotisme, de partialité, d'une rigueur révoltante pour tout ce qui n'est pas de son parti : or, ces prétendus outrages ne sont que des reproches très-fondés. Pour finir, persuadez-vous bien que les *bocages* de la rue Bergère, renferment d'autres oiseaux que des rossignols.

TROISIÈME VOLUME.

N°. 60. — ÉPOQUES DE LA GALANTERIE FRANÇAISE.

« Richelieu parut dans le monde avec un » grand nom..... » M. de Richelieu avait un nom *illustré*, ce qui est fort différent d'un grand nom. « Ami de Voltaire, à qui il doit la plus

» belle partie de sa réputation. » Sans Voltaire la réputation de M. de Richelieu eût été la même, soit en bien, soit en mal, et vous seriez fort embarrassé de dire en quoi il a influé sur elle. Vous rappelez l'anecdote scandaleuse d'une marchande de la rue Saint-Antoine : c'est avoir envie de s'accrocher à tout. Cette anecdote n'est rapportée que dans le troisième volume de la vie privée du maréchal, ouvrage qui n'a joui d'aucune confiance et qui n'en méritait aucune. Un comédien auteur s'est permis de mettre cette anecdote sur la scène, et d'en composer un mauvais drame, dans un temps où tout ce qui tendait à humilier, à dénigrer les grands de l'ancien régime, était accueilli avec enthousiasme. Cette impudence commune aux comédiens qui se sont chargés de représenter ce chef-d'œuvre, ne lui a pas donné un degré de certitude de plus aux yeux des gens sensés; elle n'a séduit que ceux qui capables eux-mêmes de toutes sortes de bassesses, étaient bien aises de pouvoir trouver quelques seigneurs qui leur ressemblassent.

« Sous le dernier règne, les petits maîtres de » la cour abandonnèrent les salons et les bou- » doirs pour la taverne. » Ce mot, dont l'usage est permis en Angleterre, est totalement déplacé en France. Jamais à Paris, ni sous le dernier règne, ni sous le précédent, les gens comme il fant n'ont vécu à la *taverne*, qui n'est fréquentée que par la dernière classe du peuple. Vous prétendez que « la France rendue à ses vieilles » institutions, a recouvré ses mœurs, ses usa» ges, et quelque chose de cette antique galan» terie. » Ah! mon confrère, que nous en sommes loin de cette antique galanterie! Vous en convenez vous-même quelques lignes plus bas, en disant « qu'on ne peut exiger que des jeunes » gens grandis sous les drapeaux se présentent » avec cette recherche de politesse et de galan» terie qui ne s'acquièrent que dans le commerce » des femmes. » Voilà ce que disent les *censeurs chagrins*, et tout en les blâmant, vous êtes de leur avis, et vous faites connaître les raisons qui les portent à penser ainsi; attention fort commode pour ceux qui combattent contre vous.

Où avez-vous pris que l'empire des courtisannes, détruit à l'avénement de Louis XVI, se soit réfugié à Lucienne, parce que madame Dubarry l'habitait? Quelle influence, je vous prie, avait-elle conservée? Les Duthé et les Thévenin n'ont-elles donc brillé qu'avec l'agrément de cette ancienne favorite? Non, Paris n'a jamais été sous la dépendance de la cour de Lucienne, quoique vous avanciez que cet empire s'est maintenu jusqu'à la révolution; et c'est connaître bien mal les temps dont vous parlez, que de risquer une assertion dépourvue, non-seulement de tout fondement, mais encore de toute probabilité.

N°. 61. — LA JOURNÉE D'UN FIACRE.

« J'ai souvent entendu dire à Préville qu'il » avait pris dans un cabaret de la Courtille son » personnage si comique de *la Rissole.* » Votre mémoire est en défaut ; vous n'avez pas dû le lui entendre dire une seule fois, car voici le fait.

Préville (encore en province) fit connaissance avec un grenadier de la garnison, et lui persuada d'apprendre par cœur le rôle de *la Rissole* : quand il le sut bien, il le mena plusieurs fois dans une guinguette hors de la ville ; il le grisait au point nécessaire, et lui faisait déclamer le rôle, dont il prenait ce qui convenait à la scène : il parvint ainsi à le rendre avec cette vérité que nous avons si long-temps admirée. Je n'ai entendu raconter cette anecdote à Préville qu'*une* fois, mais elle me suffit pour oser contredire mon aimable confrère. Je ne le chicanerai point sur la fin de son article, sur cette montre d'homme et cette paire de gants de femme oubliées dans un fiacre qui avait eu ordre de marcher au pas : c'est une petite saillie de gaîté ; il faut bien permettre à un pauvre ermite de s'égayer quelquefois, même aux dépens du bon ton.

N°. 63. — LE CHAPITRE DES CONSIDÉRATIONS.

Ce chapitre nous apprend que, « destiné à la » profession des armes, vous avez débuté en » 1756, sous le maréchal de Richelieu, dans le » régiment de Savoye-Carignan, dont le major » était l'ami de votre famille, et que vous y avez » appris à tirer cinq coups de fusil à la minute. » Permettez-moi, mon cher confrère, de relever quelques petites erreurs dans ce passage; en supposant que vous existassiez vous-même en 1756, ce qui est une supposition bien gratuite, vous n'avez pu servir dans le régiment de Savoye-Carignan, qui n'existait pas, puisqu'il n'a été formé que vingt ans après, en 1775, du dédoublement de celui de Touraine: que vous en coûtait-il de choisir un régiment qui existât? Quant aux cinq coups de fusil, jamais les officiers n'ont appris cela. Continuons: « Vous avez » assisté à une brillante affaire qui précéda la » journée de Closterséven; le roi envoya trois » croix de St.-Louis pour les *jeunes* officiers de » votre régiment. » A moins que ce ne fût pour des actions particulières, les croix de St.-Louis n'étaient jamais données qu'à l'ancienneté, et

par

par conséquent, le maréchal n'aurait pu en disposer en faveur de personne autre ; quoique vous disiez que, « demandant alors un régiment » pour son fils, il voulut ménager le ministre, » et donna une des croix à son neveu, *resté au* » *dépôt.* » Pensez-vous, de bonne foi, qu'il en eût été le maître, et que des croix destinées à des officiers présens à une action, pussent être données à ceux qui ne s'y trouvaient pas ? C'est bien peu connaître les usages militaires. De plus, M. de Fronsac, fils unique de M. de Richelieu, était brigadier des armées dès l'année précédente, pour avoir apporté au roi la nouvelle de la prise du fort St.-Philippe : il a toujours été employé depuis dans son grade, et n'a pas sollicité ce régiment, que selon vous, le don de la croix au neveu du ministre avait dû lui faire obtenir. Je ne puis trop vous le répéter, mon cher confrère, il fallait mettre tous ces radotages sur le compte de votre oncle, et ne pas vous en charger personnellement.

Quoique n'étant pas au monde à cette époque, vous vous divertissez comme un enfant à raconter que vous avez fait la campagne du capitaine Thurot, et vous ne donnez même pas la véritable raison de la désobéissance de M. de Flobert ; il est vrai qu'elle ne pourrait pas entrer dans le chapitre des considérations, et, d'après son titre, il faut que tout y soit ramené.

Vous péchez toujours par le calcul, en voici une nouvelle preuve : « Quelques vingt ans » après l'expédition de Thurot, je vins me fixer » à Paris ; » ce serait vers 1780. Plus bas : «J'ai » entendu lire, il y a quarante-cinq ans, chez » Madame Doublet, une tragédie, etc. ;» cela nous renvoie avant 1770 ; c'était une tragédie de Caliste très-belle, mais qu'on ne joua pas, parce que celle de Colardeau était *attendue*. Caliste, de Colardeau, a été jouée en 1760, l'année de l'expédition de Thurot ; voyez d'arranger vos dates pour que ce petit roman ait le sens commun.

« N'est-ce pas au chapitre des *considérations* » qu'il faut inscrire le mariage de Louis XV, » avec la fille d'un roi détrôné, à une époque » où la France avait le besoin et le pouvoir de » former une alliance infiniment plus avanta- » geuse ? » Des alliances avec des rois non détrônés peuvent être avantageuses pendant quelque temps ; mais à quoi tiennent les liens que ces alliances ont formés ? A une intrigue de cabinet, à un ministre vendu, à mille circonstances imprévues ; au lieu qu'une province apportée en dot, n'est pas sujette aux événemens. La France a gagné la Lorraine par ce mariage que vous trouvez si mauvais, et beaucoup de nos reines n'en ont pas apporté autant ; ici les *considérations* ont eu raison.

« On sait à quelles considérations M. de Ma-» rigny fut redevable de la surintendance des » bâtimens ; c'était un homme sans naissance, » sans instruction, sans goût. . . . mais il était » frère de Madame de Pompadour. » Sans naissance, cela est vrai ; il est constant qu'il a dû cette place au crédit de sa sœur ; mais il n'était ni sans instruction, ni sans goût ; il avait même des connaissances dans la partie confiée à son administration : mon confrère, vous ne l'avez jamais ni vu ni connu ; vous avez recueilli çà et là ce qu'en ont dit et répété des gens qui ne l'ont pas connu davantage, et cela grossit d'autant le chapitre des considérations.

N°. 64. — LA PRISON POUR DETTES.

Pourquoi écrivez-vous le nom du président *Hénault* comme la province de Hainaut ? Il est impardonnable d'estropier les noms de gens connus : c'est un *symptôme* d'ignorance très-commun chez les écrivains du jour, et je suis fâché, pour l'honneur du corps (des Ermites), de vous voir commettre de pareilles fautes.

« Bielfeld a fait un livre tout exprès pour

» prouver que les dettes nationales sont une » preuve certaine de la prospérité des Etats; » de la prospérité, c'est un peu fort; mais elles sont une preuve de la confiance qu'inspirent ces Gouvernemens, et il en est des nations comme des particuliers: *n'a pas de dettes qui veut.* Je ne conclurai pas, comme Bielfeld, que l'Angleterre soit infiniment plus riche que la France, d'après ce principe; je conclurai qu'on lui croit plus de ressources, puisqu'elle emprunte tant qu'il lui plaît. Cette confiance fût-elle mal fondée, l'effet en est le même pour le Gouvernement; il est vrai qu'en dernier résultat, il est très-possible qu'une banqueroute forcée termine cette longue série d'emprunts: eh bien! quelle nation pourra jeter la pierre à l'Angleterre? Et d'ailleurs, les Gouvernemens se mettent-ils en peine de l'opinion publique? Ne sont-ils pas au-dessus de toute censure?

« Je n'ai jamais senti le sel, et encore moins » la morale des plaisanteries sur les dettes;» du sel, il y en a réellement fort peu: mais comment vous avisez-vous de chercher de la morale dans des plaisanteries? C'est vouloir en trouver partout. Vous êtes un moraliste, mon confrère; cependant vous ne l'êtes pas toujours, ne vous y trompez pas.

N°. 65. — QUELQUES RIDICULES.

« Rien de plus affligeant pour la morale, » mais en même temps, rien de mieux prouvé » dans nos mœurs que cette assertion du lord » Chesterfield : *à Paris, un ridicule est plus » à craindre qu'un vice.* » Cela est très-vrai, et un moraliste aurait dû tirer meilleur parti de cet axiome que vous ne l'avez fait. Un pays où il vaut mieux être vicieux que ridicule, méritait quelques observations ; vous vous contentez de dire que la raison de cette déviation de principes est le mépris dont le ridicule est accompagné : ce qui suppose que le vice n'entraîne pas également le mépris, et voilà les principes contre lesquels vous deviez tonner ; mais vous n'êtes qu'un moraliste de boudoir, mon confrère, un Sénèque à la Silhouette.

« Je consens qu'on me haïsse, disait Champ- » fort, mais je suis bien décidé à demander » raison à qui me méprisera. » S'il avait tenu parole, que de fois il se serait battu ! Vous appelez cette profession de foi *la distinction d'une ame élevée* ; Champfort n'avait pas l'ame élevée ; passant sa vie chez les grands, qui avaient la faiblesse de l'accueillir, il les méprisait, et s'en vantait ; mais alors il ne fallait ni les cultiver, ni leur avoir des obligations, ni en recevoir des grâces : c'est là de la fausseté, de la bassesse, et non de l'élévation ; vous avez choisi un triste exemple pour appuyer vos principes.

« L'ancien parlement était depuis quelque » temps l'objet de la haine publique, » cela est faux ; le ridicule versé à pleines mains sur celui qui l'a remplacé, en est une preuve évidente. Aurait-on cherché à ridiculiser des magistrats succédant à d'autres généralement haïs ? On les aurait reçus avec enthousiasme. Monsieur votre oncle n'aurait jamais dit pareille chose.

N°. 66. — LES RESTAURATEURS.

« Je me souviens qu'en 1751 je dînais assez » habituellement à la Croix de Malte, rue des » Boucheries. . . . . » Quoi ! né en 1741, votre maman vous laissait à dix ans, sur votre bonne foi, courir les tables d'hôte ? Cela n'est pas possible ; votre mémoire est en défaut. Plus bas, vous citez Boindin, qui y venait aussi ; comme il est mort en 1751, c'est sans doute pour pouvoir parler de lui, que vous avez fixé à cette année-là votre début chez les traiteurs ; mais il valait mieux ne rien dire de Boindin, et éviter un *anachronisme* par trop ridicule. Croyez-moi, si vous aviez paru à dix ans au milieu de tous les gens que vous citez, la grosse bourguignone Catherine, dont vous faites un si bel éloge (confirmé par Mercier, autre songe-creux), vous aurait pris par le bras, et vous aurait mis à la porte, ou renvoyé à l'école.

Je trouve assez plaisant que, par une vanité, qu'à la vérité vous nommez puérile, vous vous croyiez obligé « de prendre chez un restau- » rateur deux plats auxquels vous ne touchez » pas, pour donner une plus haute idée de vous » au garçon. » Molière aurait bien eu raison de s'écrier : *où la vanité va-t-elle se nicher ?* Je suis convaincu que, d'après une telle magnificence, le garçon vous prend, non pour un ermite, mais au moins pour un fournisseur, ce qui est toujours bien flatteur; d'autant plus que ce garçon n'est pas le seul qui soit séduit par cette profusion vraiment scandaleuse; les voisins s'en aperçoivent, et allant plus loin, vous croyent un prince étranger qui voyage *incognito.* Je noterai ce moyen d'acquérir de la considération, et d'avoir l'air de quelque chose : dès que je pourrai disposer de quarante sols, j'en userai ; grand merci, mon confrère.

La dissertation sur la tragédie de Tippo-Saëb, que vous avez entendue, dites-vous, en dînant chez les frères provençaux, est fort amusante ; vous faites dire des platitudes à celui qui la critique, pour avoir le plaisir de les relever : *tac-*

tique usée. On sait que vous prenez beaucoup d'intérêt à l'auteur de cette pièce, ce qui ne la rend pas meilleure. Nous en reparlerons plus bas.

N°. 67. — LA MAISON DES FOUS.

Vous prenez votre parti fort lestement sur l'article des fous. « Celui qui se croit le père » éternel n'est pas plus malade que celui qui se » croit un Voltaire. » C'est un lazzis que vous nous donnez là pour du raisonnement. Personne ne se croit Voltaire, mais on se croit quelquefois très-supérieur à ce qu'on est. Par exemple, sur l'invitation d'un M. E. B., qui écrit le plus sérieusement du monde, qu'on se doit à soi-même de se mettre sur les rangs pour remplacer l'abbé Delille à l'Institut, on s'y met et on fait rire à ses dépens ; on n'est pas fou pour cela. Parce qu'il y a des exemples qu'un seul ouvrage de circonstance a ouvert les portes de l'Académie, il ne faut pas en conclure qu'il en sera toujours ainsi : d'ailleurs cet *élu*, reconnaissant qu'il était en reste avec l'Institut, a cherché à payer sa dette : fidèle à son plan, ne perdant jamais de vue son sujet, il a voulu en tirer la quintessence, en nous donnant en prose ce qu'il nous avait donné en vers. S'il joint à ces deux productions un opéra sérieux (car le vaudeville serait déplacé), un ballet pantomime ou un mélodrame, toujours sur le même sujet, je défierai le plus habile scrutateur d'ajouter un mot, et nous pourrons nous vanter de connaître des gens qui n'existent plus depuis cinq cents ans, comme si nous avions vécu avec eux : il y a presqu'autant de mérite à dévoiler ainsi le passé, qu'à prédire l'avenir, comme madame *Le Normant*.

N°. 73. — LE CAFÉ TOUCHARD.

Pourquoi appelez-vous *Cailleau* le fameux acteur des Italiens ? Il s'appelle *Caillot :* c'est encore là un nom trop connu pour qu'il soit permis de l'estropier.

N°. 74. — VENTE APRÈS DÉCÈS.

Ce chapitre, mon confrère, est un des plus remarquables par l'application qu'il présente, et que vous seriez bien fâché que le lecteur ne saisît pas : voilà comment, pauvres humains que nous sommes, nous faisons tous nos efforts pour jeter sur d'autres des ridicules qui retombent sur nous, et comment notre amour-propre, ce guide si dangereux, nous fait prendre pour des plaisanteries fines et délicates ce qui n'est que l'expression grossière de cet amour-propre blessé.

Il est question de la vente d'un M. Hornet, c'est-à-dire de M. Geoffroy, que vous avez désigné si clairement que personne n'a pu s'y tromper. Les détails dans lesquels vous entrez sur les soixante-quatre tabatières, les ballots de pains de sucre et de café Moka, l'argenterie, la cave, sont parfaitement conformes à ceux que donnent périodiquement quelques journaux ; il est clair que M. Hornet n'a rien acheté de tout cela ; ce sont des cadeaux d'auteurs et d'acteurs qui ont voulu obtenir son suffrage. La bibliothèque vous fournit la matière de quelques mauvaises plaisanteries, et enfin, la robe, le bonnet carré, la férule achèvent le tableau. Savez-vous actuellement, mon cher confrère, quelles réflexions a fait naître ce chapitre chez les gens à qui il reste encore quelque étincelle de sens commun ? Les voici. Vous l'avez écrit peu de jours après l'analyse de la tragédie de Tippo-Saëb par le susdit M. Hornet ; cette analyse n'était pas un éloge, et personne n'ignore le vif intérêt que vous prenez à l'auteur de cette nouvelle tragédie. Regardant sa cause comme la vôtre, vous avez cru que des injures et des grossièretés vengeraient votre ami d'une critique très-juste et très-méritée : je prétends même que l'Aristarque a ménagé l'auteur de Tippo-Saëb, en ne lui adressant pas le plus cruel reproche qu'il ait encouru, et que je vais vous exposer franchement.

Parmi tous les ouvrages dramatiques ou autres, il n'en est aucun de moins estimable en lui-même, que celui qu'on nomme ouvrage de circonstance, parce qu'il est à peu près impossible que l'auteur ne parle pas contre sa pensée; il doit la subordonner à l'esprit du moment, aux principes de ceux qui l'ont commandé, ou à qui on veut plaire; ensuite, et c'est là le vice radical de ce genre de production, l'ouvrage fût-il excellent, il viendra un temps où il sera forcément oublié, parce que les circonstances qui l'ont enfanté n'étant plus les mêmes, il mourra avec elles. Pour vous offrir un exemple palpable, les belles tirades de la tragédie de *Tippo* contre les Anglais, ces tirades qui ont obtenu de si grands applaudissemens, ne peut-on pas les appeler *tirades de guerre?* Si la paix se fait un jour avec les Anglais (et il faudra bien que cela arrive), pourra-t-on laisser subsister ces passages? Non; il faudra renoncer à la tragédie, à moins que l'auteur n'ait préparé d'avance des variantes pour la paix. Vous voyez donc que M. Hornet a ménagé votre ami, en ne faisant pas tomber sa critique sur ce point-là; mais vous n'en êtes pas moins blâmable de vous être laissé aller à un genre de vengeance aussi misérable, aussi peu digne d'un littérateur qui affiche la prétention d'être moraliste cinquante-deux fois par an, et qui proclame avec emphase son aversion pour la satire personnelle. *Tantæne animis cœlestibus iræ?* Tant de fiel entre-t-il dans l'ame des *ermites?* Vous voyez que je traduis littéralement.

N°. 75. — LA MATINÉE D'UNE JOLIE FEMME.

Je ne m'arrêterai à ce chapitre que pour vous féliciter de la tournure dont on vous a gratifié sur l'estampe, en supposant toutefois que vous soyez ressemblant : une touffe de cheveux ébouriffés sur une moitié du crâne, l'autre moitié entièrement rase, sauf un petit bouquet sur la gauche, une épaule disloquée ; vous êtes un joli garçon, mon confrère. Si nous autres, pauvres ermites, pouvions avoir quelques prétentions à plaire au beau sexe, je vous plaindrais de tout mon cœur. Je ne m'étonne plus que le boudoir vous soit ouvert comme le salon.

N°. 76. — UNE PREMIÈRE REPRÉSENTATION D'AUJOURD'HUI.

« Mme. Hornet est aux premières, en grande » toilette, etc. » Encore un article dirigé contre M. Geoffroy. Il faut que ce critique ait furieusement froissé votre amour-propre dans la personne de votre ami, pour revenir aussi souvent sur son compte; et tout cela, pour n'avoir pas trouvé un chef-d'œuvre ce *Tippo-Saëb.* Cette tragédie serait de vous, qu'en vérité vous ne la défendriez pas avec plus de chaleur et avec moins d'adresse. Mais dans toute défense, quelque légitime qu'elle soit (et la légitimité de celle-ci ne me paraît pas clairement démontrée), il faut mettre une *mesure* dont vous vous écartez trop : ce qui nuit encore à une cause qui n'est déjà pas trop bonne.

N°. 77. — UN DUEL.

Un petit aperçu historique où vous citez Sanval (qui s'appelle Sauval), ne nous apprend pas grand chose sur l'époque où l'usage des duels a pris naissance. « Les lois les plus sévères n'ont » pu parvenir à le déraciner; » parce que les lois les plus sévères, lorsqu'on ne les met à exécution que quatre fois dans un siècle, n'ont aucune force, et ne peuvent produire aucun effet. A Rome, avant Sixte-Quint, les assassinats se succédaient sans interruption ; le nombre des victimes, à la fin de chaque année, était incalculable. Ce pape trouva des lois établies contre les assassins; mais d'abord ces lois ne pouvaient avoir d'exécution qu'après le crime commis, et les *asiles* mettaient toujours le coupable à convert ; ensuite on soutenait très-sérieusement que le climat de Rome portait le peuple à ces violences ; que par conséquent, il était impossible de changer ce caractère dont l'effervescence tenait à des localités immuables par leur nature. Ce raisonnement devait produire peu d'effet sur un souverain tel que Sixte-Quint. Comme les assassinats étaient presque toujours la suite d'une querelle, et que la chaleur du climat ne forçait pas les Romains de porter sur eux des couteaux et des stilets, il rendit une loi qui punissait de mort, et sur-le-champ, tout homme trouvé porteur d'un stilet ou d'un couteau, sans qu'il eût même songé à en faire usage. Quelques-uns trouvés en faute furent pendus. Tout le monde cessa de porter des armes offensives, et le climat ne produisit plus que des combats à coups de poing. Après Sixte-Quint, la surveillance ne fut plus la même, et les assassinats recommencèrent ; mais, pour démontrer que les Romains sont tout aussi aisés à conduire que d'autres, quoique le climat n'ait pas changé, et doive les porter, malgré eux, à des assassinats, depuis que les Français sont les maîtres de Rome, y en compte-t-on plus qu'ailleurs ?

Pour en revenir au sujet qui m'a entraîné à cette digression, les duels ont résisté à toutes les lois, parce qu'on l'a voulu. Les préjugés, celui-ci surtout, sont, je le sais, très-difficiles à déraciner; mais il n'en est aucun qui résiste à la volonté ferme et constante d'un gouvernement puissant et absolu. Aujourd'hui, aucune loi ne défend le duel, aucun article du code n'en prononce le nom; ainsi on ne peut accuser l'impuissance du gouvernement, puisqu'il n'a pas l'intention de le détruire. Ce silence des lois vaut peut-être mieux que d'en faire pour ne pas les exécuter; au moins est-il plus conséquent, et ne compromet-il pas l'autorité, qui ne doit jamais être compromise.

Ce que vous dites de ces gens à l'affût de tous les duels, qui, n'étant jamais que spectateurs, finissent par croire qu'ils se sont battus autant de fois qu'ils ont vu les autres se battre, est parfaitement vrai: c'est une classe d'hommes qui n'existe que depuis la révolution; on ne la connaissait point autrefois; je me plais même à croire qu'on en aurait fait justice. Aujourd'hui on les laisse s'établir juges suprêmes des querelles: si on n'a pas de pistolets, ils vont en chercher; ils règlent les distances, la manière de tirer, et tout cela sans autre droit que d'avoir été témoins de la querelle, qu'ils ont souvent envenimée de leur mieux, et sans connaître même un seul des combattans. Il faut convenir qu'il existe des hommes qui se vouent à des métiers bien honteux, bien révoltans.

Vos observations sur le combat au pistolet sont justes ; il n'a rien de noble, rien de français : le courage n'y peut suppléer à l'adresse ; mais c'est en cela qu'il est préférable ; il rend les chances plus égales qu'avec l'épée, où l'un des combattans a presque toujours une supériorité décidée. Peu de mois suffisent pour acquérir presque la certitude de ne jamais manquer le but ; les combats en deviennent plus meurtriers, et conséquemment, avec le temps, leur nombre en sera diminué de beaucoup. Les jeunes gens n'auront plus besoin de fréquenter, pendant des années, les salles d'armes, qui sont, comme elles l'ont toujours été, une détestable école, et le rendez-vous de la plus mauvaise compagnie. Il semblerait, en effet, que l'obligation de porter l'épée devrait entraîner celle de savoir s'en servir ; mais aujourd'hui les militaires seuls la portent, et savent la porter. Ceux que leur état oblige de s'en *affubler* quelquefois, la portent d'une manière qui les dispense de savoir s'en servir. Elle fait partie du costume, comme le chapeau à plumet et l'habit brodé ; tous les trois sont souvent fort étonnés de se trouver ensemble sur certains individus. Or, les dix-neuf vingtièmes des Français ne portant plus d'épée, ils ont tout naturellement choisi une autre arme pour repousser des agressions trop violentes, et

pour

pour rétablir un niveau qu'on a cru détruire un peu trop légèrement.

La relation du duel qui termine votre chapitre, est intéressante ; mais j'aurais voulu que vous eussiez profité des droits que vous donnait votre âge, dont vous parlez sans cesse, pour agir tout autrement que vous ne l'avez fait.

J'aurais donc voulu que lorsque la querelle s'est engagée en votre présence au café Tortoni, entre *deux amis inséparables*, et qu'elle s'est bornée à des propos *quelconques*, au lieu d'employer des lieux communs, dont l'effet est toujours plus que douteux, vous eussiez dit : « Messieurs, j'ai soixante-douze ans ; j'ai fait » la guerre de sept ans dans le régiment de » Savoye-Carignan (ces jeunes gens auraient » cru sur votre parole qu'il existait alors) ; j'ai » combattu à bord du capitaine Thurot ; ainsi, » comme vous voyez, j'ai fait mes preuves sur » mer comme sur terre ; je suis donc juge compétent dans cette matière : j'ai l'expérience et » le courage, qui me permettent d'avoir un » avis. Des amis intimes ne doivent pas se traiter comme des personnes indifférentes : ce » qui blesse de la part d'un inconnu, ne blesse » point de la part d'un ami ; or, M. Alfred aurait tort de se formaliser des propos qui » viennent d'échapper au sien ; il est seul

» juge dans sa propre cause : cependant, si
» quelques-uns de ces Messieurs que je vois
» attiser le feu et ne rien négliger pour rendre
» le duel indispensable, sont mécontens de la
» conduite de M. Alfred, son ami et lui vont
» faire cause commune, et prouver à deux de
» MM. les spectateurs que ce n'est pas le défaut
» de courage qui leur a dicté celle qu'ils tien-
» nent. Deux amis intimes ne se battent point
» ensemble pour des propos ; ils se battent
» contre ceux qui veulent les transformer en
» ennemis, et il n'est personne qui, s'étant ou-
» blié jusqu'à insulter son ami, ne saisisse avec
» empressement ce moyen de réparer ses torts
» envers lui, en se prononçant contre ceux qui
» voudraient les voir s'égorger. » Un moraliste, un philosophe, même un ermite, pouvait fort bien se permettre ce petit discours ; il aurait consacré un principe de toute vérité, et qui me paraît un peu trop méconnu dans le siècle où nous sommes. Quelle amitié que celle qui s'irrite d'un mot ! Quel ami que celui qui va froidement casser la tête à son ami pour un propos souvent insignifiant ! Comment en agira-t-il donc avec un indifférent, avec un inconnu ? Ni le préjugé, ni le point d'honneur ne peuvent justifier de pareilles inconséquences. Que craignez-vous ? qu'on vous accuse de lâcheté pour

avoir enduré des propos offensans : répondez que vous ne vous trouvez pas offensé, et battez-vous avec celui qui prétend que vous l'êtes. Les *entrepreneurs* de duels deviendraient plus rares, si ce principe était adopté.

QUATRIEME VOLUME.

N°. 82. — UN VOYAGE A PONTOISE.

Quelle trouvaille ! un voyage à Pontoise qui remplit trois feuilletons, et qui aurait pu facilement en remplir six, en doublant les événemens de la route, les épisodes de traverse, les récits de vos compagnons de voyage et les réflexions lumineuses dont vous régalez vos lecteurs ; toutes choses qu'on peut multiplier à l'infini et qui ne coûtent que ce qu'elles valent. S'il y a dans tout cela de la morale, elle est furieusement déguisée.

Fidèle à vos principes, toujours jaloux de renommée, ainsi que chez les frères provençaux, où la demande de deux plats auxquels vous ne touchez pas, vous donne l'apparence d'un très-grand personnage, la tasse de chocolat que vous avez prise à Saint-Denis, au café des Voyageurs, vous a donné, dites-vous, un degré d'importance que votre compagnon, le notaire, avait cherché à obtenir par une tasse de café ; mais vous l'avez fort adroitement supplanté.

Convenez, mon confrère, qu'il faut être bien assuré de l'indulgence du public pour lui débiter sérieusement de pareilles balivernes.

N°. 83. — LE BALCON DE L'OPÉRA.

Vous mettez ensemble Mondonville, Fouquet et Rameau : je ne sais quel est ce *Fouquet ;* si vous avez entendu Floquet, il n'était pas question de lui à l'époque dont vous parlez, et il n'a paru sur la scène que bien des années après.

Voilà donc, d'après le vieux marquis de Bressac, grand connaisseur, à ce que vous dites, Mlle. Gosselin proclamée la première danseuse qui existe. Cependant, j'ai de la peine à accorder une confiance sans bornes à un juge qui, de son aveu, n'est pas venu à l'Opéra depuis trente-six ans : il lui manque au moins l'habitude de voir et de comparer, ce qui est bien quelque chose.

Un observateur comme vous ne devrait pas être surpris de voir un pas de Mlle. Gosselin exciter plus d'enthousiasme qu'Armide, exécutée avec la plus grande perfection. Je conviens avec vous que cela dénote la décadence de l'esprit et du goût ; mais nous n'avons pas la prétention de prouver le contraire ; ainsi, mon confrère, gémissez, criez, tempêtez, et prenez votre parti.

N°. 25. — ALIX ET BÉRENGER.

Deux articles pour nous raconter une histoire qui ne présente aucun intérêt, et qui, de plus, est une *queue* de cet éternel voyage à Pontoise; c'est bien compter sur l'indulgence du public. A la lecture de cette fastidieuse anecdote du quatorzième siècle, je vous ai cru tout à fait au bout de votre *chapelet*. Une tâche hebdomadaire est difficile à remplir; rien n'est gênant comme cette obligation d'avoir de l'esprit pendant six ou sept colonnes de feuilleton une fois la semaine; aussi, comme la pénurie d'idées commence à percer! Mon confrère, il faut, pour conserver sa réputation, savoir se retirer à propos, et ne pas attendre qu'on vous abandonne. De plus, vous êtes censé ne parler que des mœurs parisiennes, et plusieurs de vos articles, à commencer par celui-ci, y ont autant de rapport qu'aux mœurs des Arabes ou des Chinois.

N°. 86. — LA JOURNÉE D'UN JEUNE HOMME.

Votre récit est assez amusant; cependant, pour conserver la vraisemblance, qui doit être choquée le moins possible, même dans un feuilleton, il ne fallait pas faire monter à cheval et jouer à la paume votre M. Ernest, avec un bras en écharpe. Il a sûrement attendu d'être guéri, avant de se livrer à deux amusemens qui seraient devenus des corvées : que vous en coûtait-il de lui laisser l'usage de ses deux bras ?

N°. 87. — LA SAISON DES EAUX.

Ah! mon confrère, vous n'avez pas vu de banque de trente et un (autrement dit la rouge et noire) en 1772 à Spa, *vu* que ce jeu a été inventé par M. Hazon, et joué à Paris, pour la première fois, en 1783, ou au plutôt en 1782. Mais vous avez trouvé ce jeu en vogue en entrant dans le monde, d'où vous avez conclu très-habilement qu'il avait toujours existé. Il eût été bien plus prudent de vous en informer avant d'écrire votre chapitre.

N°. 89. — LE SOMNAMBULISME ET L'ABBÉ FARIA.

Je vous approuve fort d'avoir voué au ridicule qu'ils méritent, l'abbé Faria et ses jongleries ; le gouvernement a été plus loin ; il a proscrit ces assemblées indécentes, où, à la honte du siècle et de la nation, des femmes bien élevées apportent une telle dose de crédulité, que l'homme de bon sens en rougit pour elles. Espérons que le somnambulisme, ce comble de l'extravagance, ne résistera pas au ridicule dont on l'accable de toutes parts, et que ses partisans, qui ne peuvent être, comme on l'a déjà observé, que des rêveurs, s'ils sont de bonne foi, ou des charlatans, s'ils n'en sont pas, disparaîtront bientôt pour toujours.

N°. 90. — LE PALAIS.

Si nous pouvions être étonnés de quelque chose, ce serait de l'intérêt si prononcé, on peut même dire de l'acharnement que les femmes ont mis à suivre l'affaire *Michel*, dont vous vous occupez dans ce chapitre. Le plus grand nombre de celles qui n'ont manqué ni une séance, ni une minute de chaque séance, n'avait jamais vu les accusés, et ne s'en prononçait pas moins en leur faveur d'une manière qui ne permettait ni discussion, ni raisonnement. On en a vu (des femmes dites comme il faut) refuser obstinément de vider la salle, malgré les ordres du président, forcer les gendarmes à mettre la main sur elles, pour parvenir à l'exécution de ces ordres. Quelle absence de jugement ! Quel oubli de toutes convenances! Mais les femmes ne connaissent point les nuances ; elles poussent tout à l'extrême : autant elles sont acharnées contre un parti, antant elles mettent de chaleur à défendre l'autre ; il est vrai que si l'on pouvait approfondir la chose, connaître leur secret, discuter leur opinion, on trouverait peut-être qu'elles se sont déterminées, en jetant en l'air un écu de six francs, ou en tirant à la belle lettre dans un roman nouveau.

N°. 91. — UNE PARTIE DE CHASSE.

« Le gothique château de M. de Cériane, situé » au milieu d'une des plus belles capitaineries » du royaume, était, en automne, le rendez- » vous de tous les chasseurs, à trente lieues à » la ronde. » Encore le péché d'ignorance, mon confrère; le rendez-vous de tous les chasseurs à trente lieues à la ronde, ne pouvait pas être placé au milieu d'une capitainerie. Il y a trente ans (et c'est l'époque que vous désignez) on ne chàssait dans les capitaineries qu'avec permission, et on n'en donnait pas pour des bandes de chasseurs et pour des saisons entières. On vous aurait dit tout cela si vous l'aviez demandé. Corrigez-vous donc de la manie de savoir ce que vous n'avez jamais appris.

Il faut convenir que ce baron de la Gibecière, par qui vous vous êtes fait écrire une belle épître qui pût vous fournir un texte pour le second feuilleton de ce chapitre, est un aimable homme. Vous prétendez n'y avoir fait aucun changement, si ce n'est pour modifier les éloges trop flatteurs qu'il vous adresse. Cependant, il reste encore ce qui suit : « Vos » observations sur les mœurs respirent une » morale pure, une gaîté douce, et sont écrites » d'un style naturel. » Il voudrait qu'à l'exemple de votre devancier Addisson, vous fissiez paraître une feuille chaque jour. Malgré les suppressions, il vous reste encore une assez forte dose d'éloges, et je souhaite que tous vos lecteurs les confirment ; mais le baron de la Gibecière ne sait pas ce que c'est que d'écrire un feuilleton tous les jours ; je voudrais l'y voir, le bon homme : il vous donne là un conseil bien perfide ou bien gauche ; d'après le ton de la lettre, je penche pour le dernier : quoi qu'il en soit, ne le suivez pas.

Comment un homme qui doit connaître les anciens *us et coutumes* des chasses, n'a-t-il pas été révolté de voir un rendez-vous de trente lieues à la ronde, établi pour la saison, au milieu d'une capitainerie ? Ce chasseur n'a que son nom pour lui ; je le compare à un brave homme que j'ai connu autrefois, qui s'appelait M. *du Soulier*, et qui en manquait la moitié de l'année.

N°. 93. — LES COURSES DU CHAMP DE MARS.

Le gentilhomme anglais dont vous avez oublié le nom, qui fit le pari d'aller en deux heures de Fontainebleau à la barrière des Gobelins, s'appelait milord Poscott : il le gagna de dix-sept minutes. Il devait changer deux fois de chevaux : le premier changement eut lieu au tiers du chemin ; arrivé au second tiers, sa montre, qui était cousue sur sa manche, ayant avancé de beaucoup par la rapidité de sa course, il crut avoir moins de temps à lui qu'il n'en avait réellement, et craignant de perdre quelques instans précieux, il continua avec le même cheval, qui fit ainsi les deux derniers tiers du trajet ; ce qui me semble digne d'être remarqué.

Nous pourrons parvenir à avoir des chevaux de course indigènes, aussi vîtes que les chevaux anglais ; mais nous ne parviendrons pas à cette supériorité qui existe chez eux pour toutes les classes de chevaux. Ils ont, à cet égard, des lois très-sages ; le cheval jouit chez eux d'une sorte d'*estime* : en France on ne voit en lui qu'une bête de somme qui doit travailler de toutes ses forces, être bien battue, et souvent mal nourrie. Les charretiers et autres conducteurs de voiture les traitent avec une dureté, une barbarie, que je n'ai jamais pu voir de sang froid, et qui sont une marque certaine de l'abrutissement de presque tous ces individus, cent fois moins raisonnables que leurs chevaux.

Il se passe, au marché aux chevaux, un abus révoltant, qui mérite d'être plus connu. Un cocher de fiacre y achète un cheval presque mourant, dix francs : il l'attelle avec un autre, le fait marcher deux jours, plus ou moins, *sans manger*, a regagné ses dix francs, et en gagne autant par la vente de la peau. Il a fait un bon marché, qu'il recommencera dès qu'il le pourrra. En Angleterre, ce délit (car c'en est un réel) serait sévèrement puni ; mais je ne crois pas que jamais l'idée pût en venir à un Anglais. Cette différence extrême dans la manière de voir des deux peuples, nous laissera toujours loin d'eux pour la perfection des races : nous ne les atteindrons que dans la classe des chevaux de course, infiniment restreinte, et dont nous ne retirerons que des avantages bien légers.

N°. 94. — UN DINER D'ARTISTES.

Quoi que vous en disiez, M. de Maurepas n'était pas *premier* ministre, lorsqu'il honorait de sa présence la société du caveau où se trouvaient Piron, Rameau, Bernard, etc. Il ne l'a été que trente ans après, sous Louis XVI, et plut à Dieu pour ce prince, et pour beaucoup d'autres, qu'il fût resté où il était: il a gouverné la France comme un faiseur de chansons, et nous avons vu les tristes résultats de cette belle administration.

« Le marquis de Caraccioli m'a rappelé le
» beau printemps de 1765, que nous passâmes
» à Epinay, chez Madame de Lyonne, avec
» Vernet, la Grenée, Lekain, Sédaine, Grétry,
» Caillot (que vous nommez toujours *Cailleau*,
» ainsi que M. S., dans le Moniteur du 8 no-
» vembre, et M. R., dans le feuilleton du
» Journal de l'Empire du 9). » Mais, mon cher confrère, je ne puis vous passer Grétry dans cette nomenclature; il était à Rome cette année-là, et n'est venu en France pour la première fois qu'en 1767 : vous ne l'avez donc pas vu à Epinay, pendant le beau printemps de 1765, par deux raisons: d'abord l'*alibi* que je vous démontre, et qui est sans réplique ; ensuite, parce que vous n'étiez pas né: ainsi, Madame de Lyonne n'a eu le bonheur de vous posséder ni l'un ni l'autre, au moins à l'époque que vous citez. Si vous ne trouvez pas mes raisons convaincantes, j'en chercherai une troisième que je vous ferai passer *franco*, par la petite poste.

Ce dîner d'artistes vous fournit un second article, et aurait pu vous en fournir dix en les composant, ainsi que ces deux-là, de portraits presque tous de fantaisie, et qui n'auraient quelque piquant, que si les originaux en étaient connus. Vous nous parlez entr'autres d'un compositeur larmoyant, dont les partitions *respirent le sentiment et la probité*. Vous avez volé cette phrase, ou plutôt ce lazzis au petit almanach des grands hommes ; elle fait rire sans qu'on sache pourquoi : car je vous défierais de m'expliquer comment une partition peut respirer la probité. Vous l'avez écrite sans vous comprendre vous-même : un ruisseau qui coule toujours, doit nécessairement entraîner de temps en temps quelques immondices.

N°. 95. — LES OBSÈQUES DE GRÉTRY.

Je ne vous chicanerai pas sur ce chapitre-ci : ce sont bien les mœurs parisiennes que vous avez peintes, et sous un jour peu flatteur. L'engouement, l'exagération, une sorte de fanatisme, se mêlent à tout ce que fait le peuple de Paris : il ne connaît ni mesure, ni nuances. Je suis certainement un grand admirateur de Grétry dans tout ce qui tient à la musique (car, pour son malheur, il s'est occupé d'autre chose), mais je n'approuve point le genre d'hommage qu'on a rendu à sa dépouille mortelle ; comme vous le remarquez fort bien : *le ridicule est plus près qu'on ne croit de l'oubli des convenances.*

« Je ne disputerai pas sur la propriété plus » ou moins rigoureuse des expressions de *génie* » *sublime*, de *Molière de la musique*, de » *créateur de l'Opéra-Comique*, qui ont été » prodiguées à Grétry. » J'irai donc plus loin que vous, mon confrère, car je prétends qu'aucune de ces trois qualités ne lui convient. *Génie sublime ;* cette expression, la plus forte que notre langue puisse admettre, ne donne point l'idée du genre de musique de Grétry ; il n'y a rien de sublime dans ses ouvrages, et il n'a jamais pensé à mériter ce titre, que l'enthousiasme public à sa mort a pu seul faire employer pour lui. *Molière de la musique ;* la comparaison est choquante. Molière possédait au plus haut degré le génie de son art ; ce génie brille éminemment dans la grande moitié de ses ouvrages ; Grétry n'a mis que de l'esprit dans les siens ; il est vrai qu'il en a mis beaucoup, et à peu près partout. La fécondité de ses idées est encore très-remarquable ; aucun compositeur ne se répète moins que lui, ce qui n'est pas un petit mérite, lorsqu'on a composé plus de quarante opéra. *Créateur de l'Opéra-Comique ;* Duni, Philidor et

Monsigny l'ayant précédé, il ne peut en être appelé le créateur. Je ne parle pas de Pergolèse; nous n'avons de lui que deux intermèdes, dont un seul est resté au théâtre. Tout cela n'empêche pas que Grétry ne soit un compositeur très-célèbre, dont les opéra se joueront encore longtemps, et de préférence à des opéra plus nouveaux et d'une harmonie réellement plus savante. Ils sont à la portée de tous les spectateurs, et nous avons aujourd'hui plusieurs ouvrages dramatiques, fort bien composés, mais auxquels les trois quarts des auditeurs ne comprennent absolument rien, et peut-être même (quel blasphême je vais proférer!) quelques-uns de Messieurs les journalistes, qui s'extasient sur leurs beautés, lorsqu'ils en rendent compte.

Vous observez que Molière et Grétry ont eu une existence bien différente, et que les faveurs du sort ont été réparties bien inégalement entre eux; il n'y a rien là de surprenant. Molière avait pour ennemis tous ceux qu'il traduisait sur la scène, et dans le nombre il en était qui ne pardonnent jamais. Grétry ne pouvait avoir que quelques rivaux, quelques jaloux isolés, hors d'état de former jamais une puissance qu'il pût redouter.

Grétry n'est point, avec Voltaire, le *seul* qui ait vu ériger sa statue. Comment avez-vous oublié M. de Buffon? Cette promenade que l'on a fait faire à son convoi funèbre, était, comme vous le dites, une vraie momerie.

La représentation donnée au théâtre Feydeau, si les premiers sujets avaient daigné se charger de tous les rôles grands et petits, aurait été un hommage digne de Grétry. Il est fâcheux que l'intérêt et l'amour du gain, inséparables, je ne sais pourquoi, de certaines classes de la société, ayent porté les comédiens à en donner une seconde deux jours après; elle a détruit tout l'effet de la première, et cette fois les chansonniers ont eu grandement raison de s'égayer aux dépens de Messieurs de l'Opéra-Comique, et de tourner en ridicule une sensibilité aussi bien calculée. Ce n'est pas sur les regrets causés par la perte de Grétry qu'ils ont compté, les spectateurs ne s'en embarrassaient guère; mais ils ont compté très-justement sur l'empressement que les femmes et les oisifs mettent toujours à se montrer partout où il y a foule, uniquement pour avoir le droit de dire le lendemain qu'ils ont assisté à cette représentation si remarquable, qui fournira la matière de cinq ou six articles dans les journaux. C'est là une grande jouissance; et si au lieu de deux chefs-d'œuvre de Grétry, on eût mis sur la scène des marionnettes

en

en deuil exécutant une pompe funèbre, l'affluence et l'enthousiasme eussent été les mêmes.

Je crois, mon confrère, que vous avez assisté à cette représentation, puisque vous le dites; alors vous avez mal vu : les *deux* balcons n'étaient pas garnis de musiciens et d'auteurs en deuil. Ils leur avaient bien été destinés; mais un seul ayant suffi pour les contenir tous, l'autre a été rendu au public.

N°. 96. — RÉVOLUTIONS DES MODES.

Votre début est une petite dissertation où vous affirmez très-modestement que vous êtes fort au-dessus de tous ceux qui ont joué avant vous le rôle *de spectateurs, d'observateurs et d'épilogueurs*. Vous donnez les raisons du succès de vos observations, et vous oubliez la plus décisive, que vos articles paraissant dans une feuille périodique, sont forcément connus par des milliers de lecteurs; et si dans ce grand nombre, seulement la dixième partie a trouvé quelque mérite dans ce recueil, elle l'achète lorsqu'il forme un volume. Donnez vingt mille lecteurs à l'ouvrage le plus médiocre; s'il renferme quelques chapitres un peu piquans (et vous en avez de temps en temps, je l'avoue), son débit est assuré.

Je m'aperçois avec chagrin, mon confrère, que l'amour-propre, la vanité, font de grands progrès chez vous; la simplicité, la modestie, ces vertus inhérentes à l'état que nous avons embrassé, ne sont plus rien pour vous. Le succès de vos quatre volumes vous tourne la tête; on vous écrit des lettres (ou on ne vous les écrit pas) dans lesquelles on vous flagorne de la manière la plus burlesque. La Gazette du 19 octobre rapporte une lettre *de l'auteur d'Horace éclairci par la ponctuation*, qui vous range sur la même ligne qu'Addisson, si ce n'est au-dessus. Vous n'oseriez pas en convenir tout haut, mais vous êtes bien convaincu intérieurement de la justesse de ces éloges, qui sont cependant (je vous le déclare franchement), ou dictés par vous-même, ou, s'ils viennent de quelque autre, une véritable mystification. Vous vous disposez à nous donner l'histoire des modes françaises dans tous les temps; c'est une grande tâche, et vous *errerez* souvent; mais un texte pour plusieurs *samedis*, n'est pas une chose indifférente lorsqu'on travaille à la toise, et qu'il faut partir, *vide* ou *plein*.

N°. 97. — UNE EXÉCUTION EN GRÈVE.

Encore un sujet précieux pour un moraliste, dont vous ne tirez aucun parti. N'auriez-vous pas dû tonner contre ces femmes qui s'évanouissent à la représentation d'un mauvais drame, qui pleurent à chaudes larmes sur des maux imaginaires, pendant qu'elles repaissent froidement leurs yeux des apprêts du supplice d'un malheureux, qu'elles jouissent des angoisses de ses derniers momens. On a remarqué que les exécutions les plus cruelles étaient celles qui attiraient les femmes de préférence, pendant que l'homme le plus intrépide ne pouvait les voir sans frémir. Elles payaient ce qu'on voulait pour se montrer à ces affreux spectacles, sans se douter de l'opprobre dont elles se couvraient. Le supplice de Damien en a eu des milliers pour témoins, et dans ce nombre beaucoup de femmes dites *comme il faut*, bien élevées, de bonne compagnie. Si l'éducation et l'usage du monde n'ont pu détruire chez elles cette horrible curiosité, quelle affreuse conséquence en tirerons-nous? Nous serons forcés de regarder ces femmes comme des êtres indéfinissables pour ne pas écouter le sentiment qu'elles nous inspireraient, si nous les jugions à la rigueur. C'est sur cela, mon confrère, que vous deviez vous appesantir, au lieu de nous raconter froidement votre course à la Grève, et de nous apprendre qu'il y avait beaucoup de monde.

Vous n'avez donc jamais entendu parler de la Croix du Trahoir, puisque vous prétendez que depuis 1477, « tous les arrêts de mort rendus à Paris ont été exécutés à la place de Grève. » Si vous aviez vu le monde, seulement douze ou quinze ans avant la révolution, vous n'auriez pas imprimé cette phrase, et vous aviez au moins la ressource de consulter des ouvrages qui vous auraient appris ce qu'il est assez ridicule que vous ayiez ignoré. Le premier normand que vous auriez interrogé là-dessus, vous aurait épargné cette légère inexactitude. Les faux monnayeurs ont été pendant long-temps exécutés à la Croix du Trahoir; il y a eu encore des exécutions faites à la place Saint-Michel. Vous ressemblez à un étranger qui se perdrait dans Paris, plutôt que de prendre la peine de regarder le nom des rues sur le mur.

Le concierge du palais de justice, dans le Journal de l'Empire du 13 novembre, vous donne un démenti formel sur la visite que vous prétendez avoir faite à la Conciergerie le jour du supplice de Lomont, escorté d'un docteur en médecine. Pourquoi vous exposez-vous à recevoir ainsi des démentis publics? Y a-t-il donc une assez grande gloire à retirer d'une telle visite, pour s'en vanter faussement? Songez, mon confrère, que les démentis sont des argumens très-désagréables, même pour un moraliste ; évitez-les dorénavant. La réponse que vous avez fait insérer dans plusieurs journaux, ne signifie rien : vous y plaisantez assez gauchement *sur les convenances de la Conciergerie*, et tout en relevant l'expression de *faux*, dont s'est servi le concierge à votre égard, vous convenez qu'il n'y a pas un mot de vrai dans tout ce que vous avez dit, et que le jour du supplice de Lomont, vous n'avez pas paru à la Conciergerie. Est-ce que vous appelez cela répondre à une inculpation? Vous blâmez la forme en passant condamnation sur le fond ; eh! c'est tout ce que demandait le concierge. Quoi que vous en disiez, *il importe beaucoup*, lorsqu'on *précise* un jour aussi clairement que vous l'aviez fait ; que la chose se soit passée ce jour-là, ou on s'expose à... ce qui vous est arrivé. Tenez, mon confrère, vous n'avez pas vu davantage jouer du piano à la Conciergerie, le jour du supplice de Lomont, que le jour du supplice de Perchette ou de tout autre : j'en ferais la gageure ; mais vous vous tirerez d'affaire, en disant : *Si je ne l'ai pas vu, j'aurais pu le voir, et cela suffit.* Voilà ce qu'on appelle observer, étudier, décrire les mœurs parisiennes ; et les badauds s'extasient !

N°. 99. — UNE SOIRÉE DU GRAND MONDE.

Toujours cette maudite rage de vous faire vieux pour ne rien savoir de plus que si vous ne l'étiez pas. *Quelle charmante soirée vous avez passée, en 1757, chez madame d'Epinay!* Fussiez-vous né en 1741, vous auriez été alors un *blanc-bec*, fort peu désiré et fort déplacé dans une grande société : il faut avouer que vous avez là une singulière jouissance; eh! parlez de ce que vous voyez, tâchez d'en bien parler, et laissez les morts en paix.

Votre soirée chez la comtesse Elisa de Fontbonne ressemble à tout, si ce n'est pourtant que c'est la seule maison où, dans un grand dîner de cérémonie, on serve le café à table; au lieu de vous contenter d'en faire la remarque, il fallait blâmer un usage que certainement vous n'auriez jamais vu autrefois dans les repas de cérémonie, si vous les connaissiez autrement que par de misérables traditions. Comme vous convenez difficilement de vos torts, à ce que je crois, vous trouverez qu'il est tout aussi naturel de prendre le café à table que dans le salon; vous direz comme le gourmand : *Qu'est-ce que cela fait, pourvu qu'on le prenne, et surtout qu'il soit bon?* Et avec ce lazzis, vous croirez m'avoir répondu victorieusement. Vous êtes quelquefois malin; je veux l'être à mon tour; j'aurai donc la malice de garder pour ma seconde édition, les raisons qui veulent que le café se serve dans le salon, lorsque la société est nombreuse.

A propos, dites à votre imprimeur de ne pas écrire un *rob* de wisht, comme le rob anti-syphilitique du sieur Laffecteur; même dans votre *jeune temps*, on ne l'écrivait pas ainsi.

N°. 97. — A MES CORRESPONDANS.

La dissertation sur votre âge pèche encore par le calcul, qui me paraît être décidément votre partie faible. Si vous avez été à la défense de Harbourg en 1757, par M. de Péreuse, il est clair que vous avez au moins soixante-douze ans; mais vous ne vous en donnez que quarante-deux, en ayant fait la guerre d'Amérique, et laissé à New-Yorck une réputation de jeune homme et le souvenir de vos folies. Comment cela peut-il être? Cette guerre est finie depuis plus de trente ans. Vous parlez ensuite du Bengale, dont vous êtes revenu jeune pendant la révolution, ce qui vous permet de n'avoir qu'une quarantaine d'années. Tous ces calculs sont erronés; vous avez plus de quarante ans, moins de soixante-douze, et vous n'avez pas plus défendu Harbourg que l'indépendance des Américains.

N°. 100. — UN JOUR DE SPECTACLE GRATIS.

Je n'ai jamais pu voir entièrement un spectacle *gratis* : l'odeur qu'exhale cette foule pressée m'a toujours forcé de sortir au bout de cinq minutes. Je ne puis donc parler comme témoin de l'effet que produisent les pièces sur ces juges fournis presque tous par les halles, les quais et les faubourgs.

Vous prétendez, et beaucoup d'autres l'ont dit avant vous, que cette masse ignorante saisit toutes les beautés d'un ouvrage ; qu'elle se trouve, comme par enchantement, douée de chaleur et de goût, pendant que chacun des individus qui la composent, ne comprend peut-être pas un seul vers de la tragédie représentée. Voilà ce que je ne conçois pas : cent zéros rassemblés, de quelque manière qu'on les tourne et qu'on les retourne, ne produiront jamais que zéro. Comment mille individus, dont pas un ne sait ce que c'est qu'un vers, deviennent-ils tout à coup capables de juger, et de bien juger ? C'est donc le théâtre qui enfante un tel prodige? Car, hors de là, ces mêmes hommes redeviennent ignares, stupides, n'ont plus ni tact, ni jugement, croyent aux choses les plus absurdes, se passionnent pour ou contre, selon l'impulsion qu'on veut leur donner. Toujours instrumens passifs et aveugles, ils sont capables de tous les crimes, si les crimes sont nécessaires à ceux qui les dirigent. Eh quoi! les jugemens, au théâtre, d'une pareille masse d'hommes, seraient toujours dictés par le bon sens et le bon goût? Il y a là de quoi déconcerter tous les calculs, anéantir toutes les probabilités : la raison se refuse à croire ce prodige. Je sais bien qu'on prétend que tous les hommes sentent ce qui est vraiment beau dans tous les genres ; mais je regarde cette maxime comme absolument fausse ; elle tient à cette prétendue perfection de l'espèce humaine, dont une classe de savans a reconnu ou feint de reconnaître l'existence, et dont j'ai le malheur de croire que nous sommes prodigieusement éloignés.

N°. 101. — L'ERMITE DE LA GUYANE.

Voici un ermite qui habite un pays moins vivant que le nôtre, et qui peut plus aisément remplir les devoirs de son état dans toute leur rigidité. Quoique ce chapitre ne parle guère que de l'Inde et de l'Amérique, il ne porte pas moins, selon l'usage, le titre de *Mœurs parisiennes* : c'est une affaire d'habitude, comme

Bontems avait celle de répondre à tout ce qu'on lui disait: *j'en parlerai au roi.*

Le chevalier de Pageville, votre ami de collége, s'est donc embarqué en 1753, sur le Majestueux, commandé par M. de Forbin; vous auriez pu nous faire grâce de son uniforme de garde marine, que vous détaillez de la tête aux pieds; mais cela tient peut-être aux mœurs parisiennes. Quoi qu'il en soit, le hasard vous sert mal dans vos relations prétendues historiques: il n'y avait pas, à cette époque, de Forbin, capitaine de vaisseau, et il n'en est sorti des ports de France aucun qui portât le nom du Majestueux. Trois ans après, c'est-à-dire, en 1756, vous avez retrouvé votre ami à Minorque: ici, vous oubliez de citer votre régiment de Savoye-Carignan, qui n'existait pas, comme je l'ai remarqué. « Pageville ne lisait au collége que Robinson, le chevalier des Gastines, et le capitaine Viaud (et non Viot). » C'est un tour de force qu'il faisait là, le naufrage de ce dernier n'ayant paru qu'en 1770, et le chevalier des Gastines, plusieurs années après: tâchez d'arranger cela, mon confrère, pour votre prochaine édition.

Pageville part pour l'Inde, vous vous embarquez pour ce pays-là six ans après (c'est-à-dire en 1762), avec un bataillon de votre régiment ; vous y faites la guerre quatre ans, quoique la paix fût signée à votre arrivée ; mais cette petite fable était nécessaire pour vous créer commandant de cipayes, et retrouver votre ami, chef de Marates. Vous laissez de côté les spectacles de Paris, suivis si exactement depuis 1764, le voyage autour du monde avec Bougainville, etc. Quel chaos ! quelles choquantes et ridicules contradictions, même dans un roman, lorsqu'on veut y mêler des faits historiques qui se sont passés sous nos yeux !

Les aventures du chevalier dans l'Inde, remplissent la moitié du feuilleton, le tout pour servir à l'histoire des mœurs parisiennes ; vous le faites revenir en France, déporter à la Guyane, se sauver de Sinamary, pour s'établir au milieu des sauvages, où probablement il finira sa carrière. C'est à lui que vous adresserez la revue de l'an 13 ; l'ermite de la Guyane ou de l'Orénoque (car il a les deux noms) en sera très-flatté, et ses bons amis les sauvages passeront une soirée bien agréable à en entendre la lecture. Que d'observations piquantes, que de réflexions lumineuses vont éclore de cet aréopage de l'autre monde, présidé par un cadet de Normandie !

Vous nous promettez quelques lettres de cet original, qui lit les livres vingt ans avant qu'ils soient publiés: Dieu veuille qu'il y ait plus d'intérêt et surtout plus de suite que dans plusieurs de vos numéros! Je vous parle franchement; mais de qui attendre la vérité, si ce n'est d'un confrère?

Je ne puis passer sous silence le feuilleton de la Gazette du 21 : vous en seriez l'auteur, qu'il ne contiendrait pas plus de *douceurs*, de flagorneries; elles seraient déplacées partout, mais dans votre propre Journal, elles deviennent complètement ridicules. On vous met sans façon au-dessus de tous ceux qui vous ont précédé dans la carrière que vous parcourez : votre style, votre manière, votre ton, tout est un sujet d'éloges, jusqu'à cette variété qui promène vos lecteurs d'un salon à une prison, d'un restaurateur à une maison de fous, etc. Vous n'ignorez pas que cette marche est la plus facile; vous seriez bien plus embarrassé de suivre strictement un plan quelconque, sans pouvoir vous en écarter. On vous félicite même sur vos *souvenirs*, et moi je me plains de vos fréquens manques de mémoire. Enfin, l'auteur de l'article ne trouve rien à désirer que dans ce qui concerne les restaurateurs; c'est un vrai gourmet en littérature: il s'attache au solide, et néglige les objets futiles.

Je vous avoue que ce feuilleton m'avait d'abord causé une extrême surprise; mais lorsque j'ai vu la signature E. B., ces deux lettres ont fort diminué mon étonnement; j'ai reconnu celui qui vous a si innocemment conseillé de vous mettre sur les rangs pour remplacer l'abbé Delille à l'Institut, et dont vous avez si bonnement suivi le conseil: je croyais ne voir, dans ce tendre ami, qu'un ennemi perfide; mais le feuilleton du 21 ébranle mon opinion, et si son auteur publie un second article sur votre compte, dans le genre de celui-ci, il me sera pleinement démontré qu'il était de bonne foi en vous donnant le conseil de vous présenter à l'Académie; qu'il l'a fait sans malice, d'*effusion*, et avec une conviction entière de la légitimité de vos droits: enfin, qu'il n'est nullement coupable de cette mystification, car c'en sera toujours une.

N°. 102. — REVUE DE L'AN 1813.

Cette revue est, ainsi que vous l'annoncez, adressée à votre confrère l'ermite de la Guyane. Sans m'arrêter aux premiers objets dont vous parlez, je passe à la littérature.

Votre ami en saura, lorsqu'il vous aura lu, à peu près autant qu'auparavant : vous ne lui donnez guère que le titre des ouvrages; il est vrai qu'ils ne peuvent être bien jugés en quatre lignes, et d'ailleurs c'en est assez pour un pauvre diable qui végète sur les bords de l'*Oyapoc*, entouré de quelques misérables nègres. Malheureusement cette revue est adressée en même temps à plusieurs milliers de Français qui lisent la Gazette, et sont un peu plus difficiles à contenter. Il est vrai qu'ils ont la ressource de juger par eux-mêmes, et je leur conseille d'en user.

La musique des Abencerrages est, selon vous, le chef-d'œuvre de son auteur; cela peut être : mais attendez dix ans, et vous m'en direz des nouvelles.

« Le premier ouvrage donné à la Comédie
» Française (par ordre de date, entendez-vous),
» est une tragédie de *Tippo-Saëb*, sur laquelle
» vous me permettrez de garder le silence. »
La parenthèse est tout à fait piquante. Il y a effectivement des raisons pour que vous ne disiez ni bien ni mal de cette pièce : le bien serait suspect sous votre plume; le mal vous coûterait trop à dire. Le seul parti à prendre était de vous taire, et vous l'avez sagement pris.

En effet, la vogue singulière qu'a obtenue la Correspondance littéraire de Grimm est fort extraordinaire, ou plutôt le serait, si le public était autrement composé qu'il ne l'est aujourd'hui. Cette correspondance, dont le titre est faux, puisqu'on n'a que les lettres d'un seul, ce qui ne peut constituer ce qu'on nomme *correspondance*, est, comme vous le dites, un vrai *fatras*, qui ne mérite pas toujours l'épithète de spirituel, que vous lui accordez très-gratuitement ; il est quelquefois très-ennuyeux ; mais on ne peut exiger que seize volumes de cinq à six cents pages soient partout également curieux et amusans.

Votre quatrième volume est annoncé avec des gravures et une table des matières ; l'une des gravures vous représente précisément avec la même figure et la même coiffure que celle du troisième volume, d'où je conclus que vous êtes ressemblant. Je suis obligé de vous plaindre, si vous avez conservé quelques idées mondaines. La table des matières, faite par un savant étranger, ajoute peu de prix à l'ouvrage, et n'en aurait eu un réel que si vous l'aviez engagé à en faire une pour les quatre volumes. Il m'a paru assez plaisant que, des deux parties de votre ouvrage, la table des matières ait été le lot du *savant*. On ne dira pas de lui : *de minimis non curat prætor*.

Vous pouviez vous dispenser de nous apprendre que ce M. Croft, auteur d'*Horace éclairci par la ponctuation*, était votre ami. Ce qu'on vous écrit au n°. 96, et que je me suis permis de remarquer, ne peut venir que d'un bien bon ami, ou d'un ennemi perfide ; et on aimera mieux croire au premier de ces rôles.

Vous ne vous fâcherez point de mes observations, parce que vous en reconnaîtrez la justesse, et que vous ne verrez, dans cette légère critique, que l'intérêt que je prends à votre réputation, en vous donnant le moyen de faire, dans une autre édition, quelques corrections utiles. Voltaire, qui vous valait bien, a été en butte à beaucoup de critiques, et n'en est pas moins demeuré un écrivain tout à fait hors de pair. Vous avez tant d'autres titres de gloire, que cet assemblage de feuilletons n'est pour vous qu'un délassement de travaux plus sérieux, et que vous n'y attachez sans doute que le degré d'importance qu'ils méritent.

J'aurais pu étendre beaucoup ces observations; mais mon libraire, qui est un homme très-prévoyant, prétend que je ne dois pas tout dire dès la première fois. Je n'ai point de feuilleton à mes ordres : si par hasard, par un caprice trop ordinaire aux gens de lettres, vous étiez peu disposé à profiter de mes avis; si, au lieu de les prendre par leur bon côté, vous ne vouliez y voir qu'une censure déplaisante, qui vous parût mériter une réponse, il faut que je sache comment vous faire connaître la pureté de mes intentions, et répliquer moi-même à votre réplique : or, dit-il, je n'ai pour cela que la ressource d'une seconde édition, dont il se prétend assuré. — C'est son affaire.

FIN.

www.ingramcontent.com/pod-product-compliance
Ingram Content Group UK Ltd.
Pitfield, Milton Keynes, MK11 3LW, UK
UKHW021555260726
13993UKWH00002B/857